同葬會

藤達利歐——著
婁美蓮——譯

主要出場人物

水野奈央 二十歲，東明藝術大學二年級生，立志成為電影導演。
早賴潤 東明藝術大學，同樣也是二年級生，立志當攝影師。
松谷武史 在東明藝術大學擔任講師的現役電影導演。
八木一樹 長岡文化大學的民俗學教授。
戶部謙次郎 民宿主人。

高中網球同好會的成員

山本哲平　網球同好會的發起人。

森下智美　個性害羞內向，立志成為美容師。

香坂雅也　身材高䠷的大帥哥，優柔寡斷。

永倉龍太　染得一頭金髮，以情場浪子自居。

榊涼介　皮膚白皙，弱不禁風的恐怖電影愛好者。

三田村洋子　功課頂尖的優等生，氣質美女。

田中秋男　體育健將，很滿意自己的身材。

佐藤真由　熱愛小說的文藝少女。

鷲尾玲子　去年因車禍去世了。

目次

第1章　本來是十個人

1

爬上灰色階梯的時候，突然間耳鳴了起來，水野奈央趕緊用手扶著牆壁。大口喘氣，調整好呼吸後，耳鳴便消失了。雖說二十歲還很年輕，但連續三天熬夜果然還是太操了。

「我到底在做什麼啊？」

奈央回想起自己這幾天的失常表現。掛名助理導演的她，在拍片現場頻頻出包。不是忘了小道具，就是把演出者的服裝搞錯，盡是做些扯大家後腿的事。放在牛仔褲口袋裡的手機發出震動，她拿起來一看，螢幕上出現「山本哲平」的名字，是高中的同班同學。

「真難得，會有什麼事呢？」

按下接聽鍵，哲平爽朗的聲音立刻傳了過來。

「喂喂，奈央嗎？……明信……聯絡……你會……」收訊不是很穩定，聲音斷斷續續的，聽不清楚他在說什麼。

「哲平……收訊不良，我聽不見。我等一下再打給你。」就這樣，奈央把電話掛了，而就在那一瞬間，變暗的手機螢幕上，出現了身穿白色和服的長髮女人身影。

「咦！」

回頭一看，後面半個人都沒有。那剛剛看到的是什麼？螢幕上出現的應該是自己的倒影沒錯，可怎麼好像穿著白色的和服呢？

二樓的樓梯間，有幾個學生正在一邊抽菸一邊聊天。奈央從他們身旁經過，朝器材室旁的員工休息室走去，只見休息室的門口貼著寫有「井原組」的字條。

在日本電影界，習慣用導演的姓氏稱呼他所帶領的團隊為〇〇組。感覺好像黑道喔，奈央超討厭的，倒是男生們很喜歡這樣的調調。明明不過是學生拍的短片，也冠上了井原組的稱號。

進入員工休息室，負責掌鏡的早瀨潤正一臉嚴肅地在整理攝影器材。削瘦的臉頰露出沒刮乾淨的鬍碴，和奈央一樣，他也好幾天沒睡了，怎麼他一副沒事人的模樣？果然，男女的體力天生有差。

「你看了紀錄片那組拍的帶子了嗎？很猛喔。」

對著開始收拾物品的奈央，早瀨說道。進入藝大影像學系就讀的學生，大都想要成為導演，只有他一開始就立志要當攝影師。

「所謂導演，就是分派任務給大家的人。電影最重要的是劇本、攝影，然後才是演員。劇本不有趣，是不可能拍出好電影的，但編劇這差事太苦、太乏味了，而演員不過是導演操縱的布偶。要我說，拍電影最有意思的工作，當然是攝影了。」

早瀨經常這樣給大家洗腦，也難怪他大言不慚啦，他拍出的影像確實一流。平常見慣了的街景和公園，透過他的相機呈現出來，不知為什麼，就是有種懷舊風。而明明是一年前、三年前、五年前、十年前的風景，看起來卻像是現在的。早瀨拍的照片能觸動人心，也因此被選上當導演的學生，全都跑來找早瀨幫忙，最後幸運搶到人的是奈央這組，其實也沒差啦，她不過是個打雜的助理導演。

「一開始我還挺佩服他們懂得變通的，沒想到也就這麼點本事。」

不理奈央，早瀨繼續說下去。他倆就讀的東明藝術大學影像學系，規定學生二年級暑假得做出一部短片，至於誰的點子可以被影像化，則由比稿來決定。想當導演的人得提出劇情大綱，讓學生們讀完後公開票選。得票率最高的前三名，除了作品可以被影像化外，還可以順利成為導演，落選的則下去當工作人員。總共有三十本劇情大綱被提出，奈央得到了第四高票。她接受了那樣的結果，鼻子摸摸乖乖下去當助理導演，不過，落選的學生裡有人提出了異議。他們翻案，表示要拍一部以「拍攝短片的學生」為主題的紀錄片，成功取得了學校的同意。

「你說很猛，是怎麼個猛法？」

雖然不太感興趣，但奈央還是順口問了一下。

「就影像呀，畫質很差。全都糊在了一起，像麥芽糖溶掉了那樣。我在想，該不會鏡頭壞掉他們都不曉得吧？」

「是光線的問題吧？」

「不是，跟光線沒有關係。畫面歪七扭八的，很糟糕。」

早瀨比出捏黏土的手勢，加以說明。

「既然是紀錄片，就不能重拍對吧？那現在要怎麼辦？」

「等著被留級吧。」早瀨雙手一攤，做出愁眉苦臉的樣子。

「那也太可憐了。」

奈央話剛講完，早瀨立刻哈哈大笑了起來。

「幹嘛？怎麼了？」

「騙你的啦。哪有可能真的被留級？其實事情還有後續，拍出的影像怪怪的，只有一組。只要把他們那一組的部分剪掉，還是可以交差的。」

「是喔。那，這樣不是很好嗎？」

「奈央你太單純了，肯定三兩下就被男人騙了。」

「說什麼呢。我可是很精明的。」奈央嘟起了嘴。

「你猜，是哪一組被拍到的影像怪怪的？」

早瀨神秘兮兮地問。攝影界的明日之星，說穿了，也只不過是個二十歲的大男孩而已。

「是……我們這組吧？」

「什麼嘛，不好玩。你已經知道了？」

「不知道。你會知道，八成是有人來跟你通風報信了？」

「是導演啦，他來跟我道歉，說耽誤大家的時間，卻拍出了不能用的影像，全是他們的疏忽，要我答應他們把記錄我們這組的部分剪掉。」

「喔。」奈央不置可否。隨他們搞去，她現在只想趕快回家睡覺。

「你去紀錄片那組的休息室，請他們拿拍出來的影像給你看。歪七扭八的，很恐怖喔。」

「恐怖的，我沒興趣。先走了，拜。」

收拾好東西，奈央往門口走去，這時——

「我的那一票是投給你的。」早瀨說。

手已經摸到門把的奈央頓時愣了一下。

「習慣說謊的父親，和不會說謊的女兒之間的互動，最後才發現，原來說真話的是父親，說假話的是女兒，情況大逆轉，非常有趣的故事。我會來這組當攝影，也是因為你是助理導演的關係。」

感動到握著門把的手都有點發抖了，太令人意外了，現在如果回頭看他的話，說不定會愛上他呢。

「電影導演的夢，不要放棄喔。」早瀨笨拙地安慰她。

「誰放棄了？說什麼傻話。」

故作堅強地把話講完，奈央來到走廊。心撲通撲通地跳得好厲害。下到一樓的教務處，她向指導他們拍片的導演兼老師說聲謝謝後，便離開了學校。

太好了，終於可以放暑假了。

走下學校旁邊的地下道入口，她往都營大江戶線的西新宿五丁目站走去，通過驗票口，又下了一段樓梯才是月台。幾乎沒怎麼等，電車就來了。車上有位子，但怕自己坐著會睡著，所以選擇站著。待會兒她要在新宿站換車，離這裡才兩站而已。電車搖搖晃晃的，讓人很想睡，車窗反射出車內的情景。

咦？

好像有幾個白影圍繞在奈央的身邊，窗子看起來並沒有很髒啊。

怎麼回事？

她將車廂巡視了一遍，周圍並沒有穿白衣服的人呀。視線再轉回車窗，白影已經消失了。

大概是她昏昏欲睡，做了白日夢什麼的吧……？

「應該是我太累了。」奈央喃喃自語道。

坐到新宿站後轉乘JR，在中野站下了車，奈央信步從商店街晃了回去。她住的公寓就位在中野 Sun-mall 和藥師銀座這兩處商店街的前面，走過去得花個十分鐘，但沿途都是熱鬧的店面，一點也不無聊，還可以順便轉換心情。

「我會來這組當攝影，也是因為你是助理導演的關係。」

一邊走，她一邊不斷回想起早瀨說過的話。

回到租屋處，屋內的慘狀讓她看了就頭疼。地板上到處是穿過的髒衣服，書架裡的書抽出來都沒歸位，桌子上是沒喝完的飲料空瓶和吃剩的超商便當……書桌上，洗好的照片、報告的影印紙、郵件等堆積如山，全新的套房變得像垃圾山一樣。三天前，她趁拍攝的空檔回到家裡，查了資料、吃了個超商便當、小睡片刻後，換好衣服又趕回片場。原本打算隔天早上就要回家的，沒想到一熬就是三個通宵。

「睡覺前，得先打掃一下……」

她把掉在地上的書撿起來放回書架，再把桌子上的便當丟進垃圾袋裡，開始整理房間和洗衣服。全部告一段落後，都已經晚上九點了。洗完澡後，她再也抗拒不了睡魔的誘惑，倒頭便睡。

對喔，還要打電話給哲平……可是奈央已經沒有力氣爬起來了，沒多久便進入了夢鄉。

半夜，昏睡中的奈央突然覺得喘不過氣來，醒了。額頭上冒出又黏又濕的汗。她好像做了很可怕的夢，卻不記得夢境是什麼。今年夏天挺涼快的，即使已經進入七月，還是不怎麼需要開冷氣，像今晚明明就很涼快，可是她怎麼會睡到全身冒汗呢？

一定是太累，太疲倦了。閉上眼睛，奈央馬上又睡著了。

隔天，她是被手機的來電鈴聲給吵醒的。外頭天已經完全亮了，看向手錶，已經一點多了，她睡了快十六個小時！來電鈴聲好像鬧鐘似的，響個不停。

「喂……」奈央半夢半醒地接了電話。

「你還在睡啊？」母親精神飽滿的聲音傳了過來。

「我昨天、大前天都有打電話過來，你都沒接，害我擔心得要命。」

這麼說來，難怪手機的來電顯示上一整排母親的名字。

「我在拍片，三天沒睡覺。好不容易可以補眠一下。」

「你還好吧？不要把身體搞壞了。」

「我快陣亡了啦。啊，看來當電影導演是沒指望了。」奈央忍不住說起洩氣話。

「大學畢業後，當個普通上班族就好了。拍電影就當作是興趣吧。」

「喔……」她應道，隨即搖了搖頭，「不，我還是不能放棄，當導演是我從小的夢想。更何況，聽到媽的聲音，我已經好多了。」

騙人。其實是昨天早瀨說的那番話像特效藥一樣，讓她恢復了元氣。

「神戶，我明天才會回去，沒關係吧？」

「那個，沒有人在家欸。」母親不好意思地說道。

「沒差啦。反正我有鑰匙，可以自己進去。」

「嗯……可是……」

「怎麼了？」

「明天開始，我們要去美國玩欸。」

「啊！你說什麼？我怎麼都不知道？」奈央的音量忍不住提高了。

青天霹靂。前幾天打電話回去的時候，老媽也沒說要去玩呀。

「都是你爸啦，他突然可以休假，然後，他說想去看看大聯盟，就自作主張地決定了。」

奈央的老爸是大建設公司的建築師，負責的業務都是摩天大樓、博物館、機場航廈這類的大工程，因此只要一接到案子就會很久沒辦法休假。這次突然可以請假，想必是上一個工程剛結束的關係。

「那種東西，在電視上看還不是一樣。」奈央嘟起嘴巴。

國內旅遊的機動性比較高，可以說出發就出發，但國外旅遊就不一樣了。明天出門後再講就來不及了，所以老媽才會一直打電話過來，想說要先知會她一下。

「明明可以留個言告訴我嘛……」

如果知道他們要出國的話，昨天就算再累也會回家一趟的。

「對不起啦。奈央也想一起去吧？」

「現在想幹嘛都太晚了。算了啦，你們就當是去蜜月旅行，自己去吧。」

嘴巴這麼說的奈央，心裡其實挺慌的。父母親搬到神戶是一年前的事，當時奈央人已經在東京了，因此，神戶那個地方她一點都不熟，也沒有認識的朋友什麼的。這樣一來，跟留在東京又有什麼差別？

「我在東京待個幾天再回去，你們好好玩吧。」

為了讓母親安心，她逞強地說道。掛斷電話，奈央回到床上躺成大字型。昨天為止，拍片拍得昏天暗地，恨不得一天能有三十個小時，現在卻閒得發慌。

徐徐的……一陣暖風吹了過來，窗戶是關著的，風不可能是從外面吹進來的。書桌上的明信片被風吹起，掉落在地板上。

「這是什麼？」

撿起來一看，郵戳是一個禮拜前的。這陣子忙著拍電影，一直沒看就這麼擺著，翻過背面，是高中同學會的通知。

敬啟者
畢業至今，已經一年多了，也該是辦同學會的時候了。
很遺憾，導師上田老師當天有事不能參加。不過，那樣也好。
所以，我就自己決定了，相關細節如左所示。
請務必前來共襄盛舉。
謹上

日期：七月十五日（星期五）下午六時
地點：居酒屋『燈籠』長岡車站前
費用：五千圓
是否出席請於十四日中午前，聯絡主辦人山本哲平。
電話：XXX—XXXX—XXXX
e-mail：○○○○@○○○○.jp

讀著同學會邀請函的奈央，不禁懷念起高中時代的友人，好久沒見到大家了。可是，七月十五日，不就是今天嗎？上面寫說要在十四日之前告知。當天才報名不知道可不可以？

「對喔，所以哲平才會打電話過來。」

奈央馬上撥打電話。

「喂？」電話那頭傳來哲平的聲音。

「是我奈央。對不起，昨天本來說要回電給你的……」

「沒關係啦，我知道你很忙。我打電話是想問你同學會的事，不過，看樣子你應該沒辦法來吧？」

「沒有，我可以去，我要參加。只是當天才報名，不知道可不可以？」

「你講這話就太見外了，大家肯定都很想見到奈央你呀，非常歡迎。對了，聚餐的地點你知道在哪裡嗎？」

「沒問題，我要是找不到的話，再打電話問你。」

「奈央能來的話……大家……高興……」

收訊又有問題了。哲平的聲音不是很清楚。

「喂喂……哲平……」

她瞄了一眼手機的螢幕。訊號有三格，所以收訊有問題的，應該不是奈央的手機。

「……那好……等……對了……」哲平的聲音聽起來斷斷續續的。
「什麼?我聽不到。」
「……我見到……玲子了。」
「咦?」奈央懷疑自己聽錯了,剛剛,哲平好像說「我見到玲子了。」
「你說什麼?再說一次!」奈央提高音量。
「……抱歉……你那邊……我聽不到。……今天、見面再聊。」電話掛了。
奈央略偏著頭。「我見到玲子了。」哲平好像是這麼說的。不,不可能,肯定是她聽錯了,收訊不良,聲音斷斷續續的,乍聽之下就變成了那樣。他不可能見到玲子。因為,鷲尾玲子已經死了。

2

搭乘新幹線到長岡車站的奈央,直接往同學會的會場走去。居酒屋「燈籠」裡面,已經聚集了二十幾位同學。畢業至今,不過才一年四個月,可大家看上去都成熟了不少,看來一旦高中畢業成長的速度就會快很多。
「這不是奈央嗎?近來可好?」
正在會場入口處徘徊時,同屬網球同好會的森下智美叫住了她。高中時的智美又瘦又小，平凡而不起眼，可現在染了一頭棕髮，化了一臉濃妝，整個人顯得俏麗多了。

「你是什麼時候回到長岡的？」智美提高嗓門說道。

「今天呀。我下了新幹線後，就直接過來了。」

「這樣啊，辛苦了。……喂，同好會的成員，你有見過誰了嗎？」

「還沒。話說大家都會來嗎？」

「應該會全員到齊吧。剛剛我在外面見到龍太了，他變得好帥哦，害我都想跟他約會了。」智美的聲音超興奮的。

「你說龍太？梳著過時飛機頭、穿著破牛仔褲的龍太？」

「人家現在可帥氣了。」

「喔……」奈央的反應很冷淡。

「對喔，奈央的對象是雅也哦？」

「哪有！我們不是那種關係。」

嘴巴上是這樣講啦，其實私底下奈央還滿期待見到高中的死黨香坂雅也的。她很快地把周圍掃視了一遍，結果：「你回來了？」這樣的聲音在背後響起。

回頭一看，話題的主角雅也就站在那裡。身高一百八十公分的修長體型一如往昔，曬黑的皮膚使他的五官更加立體，更顯得相貌堂堂了。

「我好像打擾了。」智美講話酸的，害雅也都不好意思了。

「你在說什麼啊！」

「好久不見。還好嗎？」奈央問。

「哇，大家都到齊了嗎？」

雅也的身後，染著金髮的永倉龍太和皮膚白皙的榊涼介冒了出來。智美的目標龍太哪裡帥了？倒像是不紅的牛郎。全校第一名的資優生美女三田村洋子也來了，網球同好會的一票死黨全到齊。這個同好會是高二那年的春天，為了製造青春的回憶，由哲平發起的。根據哲平的說法，之所以選網球為活動內容，主要是因為棒球、足球女生通常不會參加，而電影欣賞又太靜態了，只有網球可以男女一起參加，順便聯絡感情，所以成立了網球同好會。成員有會長山本哲平、水野奈央、香坂雅也、永倉龍太、榊涼介、森下智美、三田村洋子、田中秋男、佐藤真由，加上去年車禍喪生的鷲尾玲子在內，總共是十個人。都說醉翁之意不在酒，男生們的目標是校花玲子和美女洋子，至於女生呢，只要不影響她們準備升學考試就行了。

同好會的成員坐在一起，一坐下來就先拿啤酒乾杯。主辦人哲平好像遲到了，也不等他致詞同學會便開始了。奈央開心地跟洋子還有智美聊天，做事一板一眼的雅也則忙著把盤裡的菜分成幾小份，方便大家取食。雅也溫柔、體貼的個性依舊沒變，看到這樣的雅也，奈央不由得鬆了口氣。

「啊，不行啦。那個，人家吃過了。」隔壁桌傳來真由撒嬌的嗓音。奈央把視線投了過去，發現真由和秋男兩人自成了一個世界。

「那兩個人，該不會在交往吧？」

奈央看向正在打情罵俏的秋男和真由，問道。

「讀高中的時候是水火不容的冤家，誰知今天會感情好到讓人起雞皮疙瘩，很難相信是吧？」洋子在一旁解說道。

體育健將的肌肉猛男秋男，和喜歡讀小說的文藝少女真由，以前幾乎是一見面就吵架，不對盤得很，現在竟然談戀愛了？大概是察覺自己成了眾人談論的焦點吧，秋男和真由跑了過來。

「奈央，東京怎麼樣？」真由問道。

「人很多，超亂的。」奈央笑著回答。

「你會成為電影導演吧？」秋男問得很直接。奈央從高中時代起就一直有在拍獨立電影，雖然沒得過什麼大獎，可是大家都說她將來會成為導演，在學校挺出名的。

「我還夢想得到奧斯卡的最佳導演獎呢。」奈央開玩笑地說。

「好棒喔。」「要安排我跟布萊德・彼特見面喔！」「奧斯卡獎，想也知道不可能的嘛！」身旁的朋友你一言我一語的，同學會的氣氛很熱絡，但哲平不在，奈央還是覺得怪怪的。

「喂，哲平是怎麼回事？」她向鄰座的雅也問道。

「對喔，怎麼沒看到人？他可是主辦人耶。」

雅也向同學們詢問是否看到哲平，結果大家都說沒看到。

「他應該已經到了。」秋男說。

「你看到他了？」

「他的車就停在停車場呀。」

「該不會在車裡睡著了吧？我去叫他。」

雅也走出店裡，奈央也跟了過去。

「那傢伙的話，是有可能提早到，趁機在車裡先瞇一下。」

「明知要喝酒還開車來？」奈央的語氣不是很贊同。

「喝了的話，再坐計程車回去吧？」

停車場裡停的車子並不多。

「啊，有了，就那台。」

雅也看到車子跑了過去，奈央緊跟在後。車子裡有人，像是哲平的人坐在駕駛座上，頭低低的。

「他果然在車裡睡著了。」

雅也輕輕敲了敲靠近副駕駛座這邊的窗戶，可是哲平並沒有醒。

「喂，該起床了。同學會已經開始了！」雅也大聲地說道，可是哲平的眼睛並沒有睜開。

「怎麼回事？」

奈央窺探車內的情形，隱約可見哲平趴著的側臉，臉色蒼白。他真的只是睡著了嗎？她心裡升起不祥的預感。

「喂，怎麼了！」雅也不停地拍打窗戶，可哲平依舊沒有反應。

「他該不會……」奈央喃喃自語道。

「我看到玲子了。」哲平說的話從腦海裡閃過，情況不妙，非常不妙……即使她再遲鈍也感覺得出來。

雅也伸手打開副駕駛座的門，門一下子就開了，他將半個身體探了進去。

「別開玩笑了，你要睡到什麼時候？」雅也用手搖了搖哲平的肩膀。

「啊！」雅也大叫一聲。

剎那間，時間靜止了。

哲平的身體頹然地倒向副駕駛座，看到他的臉，奈央「呀！」地驚叫出聲。翻著白眼、嘴巴半開的哲平，臉部扭曲，露出非常痛苦的表情。他已經斷氣，已經死了。

「哇啊啊啊……」雅也也嚇得放聲大叫。

聽到騷動的居酒屋店員跑了過來，問：「怎麼了？」

「死、死、死……死了。我的朋友死了。」雅也的聲音顫抖著。

看熱鬧的人馬上圍了過來。「怎麼了？」「發生什麼事了？」「好像說誰死了！」停車場陷入混亂。

3

同學會的兩天後，家屬為山本哲平舉行了通夜式[1]。遺照裡的哲平露出純真的笑容，對著來弔唁的賓客微笑。上香時，奈央看著遺照，回憶如跑馬燈般閃過，讓她當場傻住。問她是否來參加同學會的電話，竟成了兩人的最後對話。

「還好吧？」雅也一臉擔心地問，奈央輕輕點了點頭。上完香的奈央和雅也在工作人員的帶領下來到了休息室，休息室裡到處都是低聲啜泣的聲音。從小就在這個地方長大的哲平，有很多親朋好友，偌大的房間一下子就擠滿了來弔唁的賓客。悲傷沉重的氣氛，壓得奈央快要喘不過氣來。「我看到玲子了。」她突然想起哲平說過的話。

「好好的一個人，明明壯得像牛一樣……」雅也訥訥地說道。

「哲平的死因，知道了嗎？」

「報上寫，好像是心臟衰竭的樣子。」

這她也知道。死亡時表情十分痛苦的哲平，死因是心臟衰竭，不過，奈央想知道的不是這個。心臟衰竭的意思是心臟失去功能、停止運作，它並不是疾病的名稱，肯定是因為什麼病才會造成心臟衰竭。

「他有什麼宿疾嗎？」

「不知道，以前沒聽他講。」雅也偏著頭。

十幾歲的健康少年晚上還活蹦亂跳的，隔天一早就死掉了，這樣的新聞是曾聽說過，找不到原因的心臟衰竭也不是什麼稀奇的事。只是，發生在親近的人的身上，難免會感到疑惑。

「你和哲平，還有常聯絡嗎？」

「畢業後就很少聯絡了，本想說要趁著同學會好好敘敘舊的。我最後一次見到他，是在……」雅也突然不說了。

「怎麼了？」

「其實，我最後一次見到哲平是在玲子的通夜式上。」

「啊！」奈央頓時無語。

去年年底，同樣也是網球同好會成員的鷲尾玲子，因為車禍喪生了。哲平和玲子兩人是情侶，看到死去的哲平的臉時，她瞬間想起了玲子。感覺好像是先走一步的玲子太寂寞了，來把哲平帶走，要戀人去陪她。

1. 通夜式：日本通常在亡者往生後的第二到三天即舉行告別式並火化。通夜的意思為守夜、守靈。

「不幸這種東西，好像會傳染喔。」雅也說。
「是啊……」
奈央和雅也臉色沉重地悲嘆著，這時同好會的其他成員也圍了過來。
「真不知該說什麼好。」洋子一臉哀傷地說道。
「這麼好的一個傢伙。」龍太此話一出，大家紛紛點頭。
「都說好人不長命，看來是真的。」智美說。
眾人安靜了下來，氣氛變得很凝重。
「今天早上，我夢到哲平了。……不對，那不是夢。」突然間，真由講起自己的奇妙體驗。
「我一睜開眼睛，就發現哲平站在我的床旁邊。我不知道那時是幾點，反正天還沒全亮。我嚇到想要爬起來，卻怎樣都動不了。哲平他指著我，對我說了一句話，只是我沒聽清楚他說什麼……」
滔滔不絕說著話的真由，讓奈央感覺怪怪的，好像被什麼附身了似的。
「哲平是來跟你道別的。這種事，很久以前就有了。」雅也輕巧地把話題轉開。
「應該是吧。」洋子附議道。
「可是，我跟哲平的感情又沒有那麼好。」
「我在想，他最後都有來跟大家告別，只是真由的體質比較敏感，才會感覺到。」

喜歡看鬼故事的智美說道。

「我也夢到同樣的夢了。」

秋男此話一出，大家都露出苦笑。昨晚，他們兩個睡在一起吧？所以才會夢到同樣的夢。正這麼想的奈央驚覺不對，不，不可能，就算睡在一起，也不會做同樣的夢。換句話說，他們兩個是真的看到哲平的鬼魂了嗎？哲平是為了跟秋男和真由道別才現身的嗎？

「接下來，就是你們了。」秋男冷不防地大聲喝道，害大家嚇了一跳。

「我們怎麼了？」雅也問。秋男馬上說：「不是啦，我是說哲平那傢伙指著我們說：『接下來，就是你們了。』」

眾人面面相覷，一臉狐疑。詭異的氣氛，讓人開始待不住了。

「我們，要回去了。」秋男說道，帶著真由一起走出了休息室。

「我也該走了。」

受不了悲傷氣氛的奈央也離開了守夜式的會場，走到外面的她，看到秋男和真由正要上車。本想叫住他們的，卻躊躇了一下。秋男和真由的身影融入夜色裡，看起來透明透明的，是淚水模糊了視線的關係吧？秋男和真由開著車，從來不及叫住他們的奈央面前揚長而去。

4

隔天，奈央前往去年年底因車禍喪生的同班同學鷲尾玲子的家中拜訪。玲子去世的時候，奈央人在東京，沒能參加她的葬禮，她今天特地過來上香。

玲子的家，是棟有著小庭院的兩層樓木造建築，十分僻靜，安靜到好像這世上所有的聲音都消失了似的。

「謝謝你特地跑來。玲子天上有知，也會很高興的。」

奈央的到訪讓玲子的母親很高興。他們學校有兩位最漂亮的美女，都說「最」了還兩位？乍聽之下好像有語病，其實不然，因為兩個屬於不同類型，很難分出高下。洋子活潑、俏麗；玲子成熟、嫵媚。玲子的美貌應該是遺傳自母親吧。媽媽跟玲子一樣，也是古典美人型的，不過，她看上去老多了。估計她應該才五十歲吧，卻一副歷盡滄桑的模樣。

坐在佛龕前的奈央，看向上面擺的兩張遺照。一張是去年、十九歲死掉的玲子；另一張則是三年前，十三歲死掉的玲子的妹妹美咲。這位母親在三年內，失去了兩個女兒。若說玲子和美咲的死是一種不幸，或許活著的人才更不幸吧？奈央很能體會這對父母的不幸，心情沉痛地上完香。

玲子的母親端了茶過來，奈央輕輕點頭道謝，卻不知接下來該說什麼，只好端起茶杯喝茶。

咦，這茶怎麼怪怪的？也太難喝了。茶味完全沒出來，簡直就是白開水。

「奈央同學，還在唸書吧？」

對著沉默的奈央，玲子的母親試探地問道。

「是。我在東京學影視攝影。」

「東京！」玲子的母親忽然大叫。似乎在東京有過什麼美好回憶的樣子，她整個臉都亮了起來。

「以前，我曾帶玲子還有美咲去東京的上野動物園玩過。」

「是嗎？那裡，我也曾去過。」奈央順著她的話講。

「我們看到熊貓了。熊貓，你知道吧？」

「是，我知道。」

「熊貓，不知還在不在？」

奈央客氣地笑了笑，算是回答。她不知道上野動物園還有沒有熊貓。玲子的母親應該也不是真的想知道熊貓的事吧？純粹只是打發時間，沒話找話講。

「東京真好，我也好想去東京喔。在東京唸書，真令人羨慕。玲子也好、美咲也罷，都沒在新潟以外的地方生活過，好可憐喔。她們肯定也想住住看東京那樣的大城市。」

「長岡也是個不錯的地方呀。」奈央說。

「或許吧。」對方的回應很冷淡。

「玲子她長得漂亮，個性又溫柔，在班上超受歡迎的。」奈央討好地說道。

「謝謝，連我都替我的女兒感到驕傲。可是啊，玲子不該殺了美咲。」玲子的母親冷冷地說道。

「咦？」奈央以為自己聽錯了，眼前的女人確實說了玲子殺死了自己的妹妹。怎麼回事？

「玲子就是受到報應，才會出車禍死的，自作自受。」

記得曾經聽過玲子提起她妹妹的事。妹妹有先天性的心臟病，一旦發作可能會危及性命，但平常沒事的時候就跟正常人一樣。

「美咲她，不是生病去世的嗎？」奈央問道。

「不是，是玲子殺死的。」母親斬釘截鐵地說道。

高中二年級的秋天，玲子因為妹妹的葬禮向學校請了幾天假，這件事奈央還記得。美咲去世的那天，正好碰到他們一個月一次的社團例會，因此印象特別深刻。大家都很替她擔心，幾天後，參加完葬禮的玲子一邊哭一邊說道：「妹妹本來就有病，這也是沒辦法的事……」玲子悲痛的神情，深深地印在自己的腦海裡。她不可能殺死自己的妹妹，不過，也許這裡面有什麼不足為外人道的秘辛。她雖然好奇，卻沒有白目到繼續問下去。

「熊貓，不知還在不在？」玲子的母親突然冒出這麼一句話。

「咦？」

「上野動物園的熊貓呀。不知還在不在？你還沒有回答我。」

玲子的母親一邊說，一邊朝奈央逼近。

「說話啊。熊貓，你應該知道吧？」

「很抱歉。熊貓的事，我不是很清楚……」奈央說。

「你不是在東京讀大學嗎？怎麼會不知道上野動物園的熊貓？」

「對不起。」

「你故意不說的吧？熊貓呀，我說熊貓。我們全家一起去看的，上野的熊貓。」

玲子的母親一把抓住奈央，她雖然瘦力氣卻很大。

「你告訴我，不要騙我！那個時候的玲子和美咲到哪裡去了？」

瘋了，這個人瘋了。一連失去兩個女兒，讓她變得不太正常了。

「是你，是你把玲子和美咲藏起來了！趕快還給我！」

「我該告辭了。」

用力甩開玲子的母親，奈央站了起來。

「不，你別走。我一個人好寂寞，請留下來。」

她追了上來。

「再跟我多說點玲子的事，玲子高中時候的事。」

她的哀求讓人好掙扎，奈央不忍地回頭，只見玲子的母親笑容滿面地看著她。

「來，你告訴我。玲子在學校都是怎樣的？」

她的笑容看起來好詭異，她可以理解失去女兒的母親的心情，也很同情她的遭遇，但理智和情感是兩回事。

「打擾了。」拋下這句話後，奈央匆匆離開玲子的家門。

5

待在長岡期間，奈央就住在外婆家。從玲子家回來的奈央，發現七十四歲的外婆吉見芙美子一個人在家，七年前外公去世後，她便一個人過著獨居的生活。之前，奈央的媽媽也曾提議過，要她搬來跟他們同住，可是外婆拒絕了，說什麼好不容易自由了，要她別管她。一個人住在鄉下的小房子裡，不會很寂寞嗎？大概是看到玲子母親那樣吧？奈央心中不禁感到疑惑。

「我打算在這裡住上一整個暑假，沒關係吧？」回到外婆家的奈央說道。

「那很好啊。」外婆的臉上堆滿了笑容。

奈央舒服地往沙發上一躺，外婆見狀馬上拿了晚報過來。隨手翻開報紙的奈央，被其中一則報導給嚇了一跳。

上面寫：新潟西港一對男女的屍體被打撈上岸。死者是二十歲、就讀於專門學校的田中秋男，以及十九歲的大學生佐藤真由。

奈央拿著報紙的手抖了起來，是同學秋男和真由。

三天前哲平才剛過世，怎麼這次輪到秋男和真由了？巧合會這樣接二連三地發生嗎？感覺好像被死神盯上似的，讓人心裡發毛。報導寫說：昨晚，秋男和真由去到新潟的西港，不小心從防波堤上跌落，死因應該是意外。不知是兩人一起掉下防波堤，還是其中一人掉下後，另一人為了要救他，也掉了下去。總之，不太可能是殉情。

哲平的通夜式，竟成了見到他倆的最後一面。記得離開的時候，他們的身體顯得有些透明，那便是不祥的預兆吧？

高中畢業到現在還不滿一年四個月，班上同學已經有四個往生，這也太多了吧！莫名的不安朝奈央襲來，總覺得有什麼壞事要發生了

不久便接到洋子打來的電話，通知他們去參加秋男和真由的聯合通夜式，連一向健談的洋子話都變少了。掛斷電話後，奈央想一個人靜一靜，來到外婆幫她準備的二樓的房間。此刻她不想跟任何人說話，偏偏這時雅也的電話進來了。

「我有事想跟你商量，現在過去方便嗎？」

「方便呀，什麼事？」

「見面再講。」雅也硬生生地把電話掛了。

雅也很快就到了。他的臉色很難看，一副魂不守舍的模樣。

「你這裡可以看ＤＶＤ嗎？」他一見到奈央便如此問道。

「客廳有播放器，怎麼了？」

「客廳喔……」雅也朝屋內瞄了一下，外婆正好出門買東西去了。

「只有我在家。」

「是嗎？那，我就打擾了。」

看著直接往屋裡衝的雅也，奈央不解地偏著頭。這不像一向彬彬有禮的他，到底發生什麼事了……？

「我希望你看看這個。」雅也把一片ＤＶＤ遞給奈央。

「什麼？」

奈央的視線落在ＤＶＤ上頭，標題寫的是「暑期集訓」。

「這是前年暑期集訓拍的ＤＶＤ。你先看了再說。」

奈央把ＤＶＤ放進播放器裡，噗的一聲，播放器開始讀取裡面的資料。聽到那個聲音，奈央忽然覺得很害怕，馬上按下遙控器的停止鍵。

「怎麼了？」雅也問。

「這個，看了不會有問題吧？」

「又不是被詛咒的ＤＶＤ。更何況，拍的人是奈央你自己耶。」

「對喔，說的也是。」調整好心情，正準備按下播放鍵的時候——

「要是害怕的話，不看也沒關係，我再說明給你聽好了。」雅也說。

「沒問題，我可以看。」奈央讓DVD開始播放。

電視螢幕上，出現老舊的木造夯土建築。若不是招牌寫著「民宿」的話，真會以為是廢棄的鬼屋什麼的。民宿前面，網球同好會的成員打鬧成一片。遠處傳來狗的吠叫聲，正在門口打掃的民宿大叔，困擾地瞥了照相機一眼。

「再往前一點。」雅也用遙控器快轉，畫面快速動了起來，就像手翻書一般、不是很流暢地往前跑。盯著畫面看的奈央，眼前突然一片黑暗。

怎麼回事？

一時間，奈央的意識好像脫離了現實，跑到了別的世界。

不知是哪裡的深山。溪水湍急的河灘上，站著幾名白衣打扮的長髮女子。

滴答、滴答、滴答……

血紛紛從那些女人的身上滴了下來，把河灘的石頭染紅了。

這樣的風景好像在哪裡看過，卻怎樣也想不起來。一身白衣的女人們開始朝奈央緩緩地走來。

「別過來！」奈央想喊卻喊不出聲音來。

全身是血的女人們朝著動彈不得的奈央，一步步地逼近，就在她嚇到快要昏倒的時候——

「喂，怎麼了？」雅也的叫聲讓奈央回過神來，這裡是外婆家的客廳。

剛才那是怎麼回事？莫非她瞬間出現了幻覺？

「你不舒服嗎？」

「沒事，我很好。」奈央把視線轉回電視上。

「從這裡開始。」雅也朝正在快轉的畫面按下播放。

螢幕上出現了一條山路，兩線道的公路穿梭在山壁和溪谷之間，沿路林木茂密，有些陰暗。靠溪谷那邊的路比較寬，多出的空間還可以停一輛車，羊腸小徑的步道往森林裡延伸而去。

就是這裡！

剛剛出現幻覺時看到的風景就是這裡，奈央目不轉睛地盯著電視的螢幕看。

去世的鷲尾玲子、山本哲平、田中秋男、佐藤真由，然後是雅也、洋子、涼介、智美，以及一邊走一邊發出怪聲的龍太，偶爾身旁會有車子駛過。

「這是我們去探險的遊女淵吧？」

哲平訂的民宿超乎想像的便宜，也超乎想像的破爛。除了可以打網球外，附近什麼設施都沒有，沒有溫泉、沒有公園，也沒有商店街。第一天，大家打網球打得很過癮，可是隔天一早就開始感到無聊了。男生從民宿主人那邊打聽到，從這邊走路過去大概二十分鐘，有一個叫遊女淵的靈異場所，他們打算傍晚去探險。那個場所的淵源到底是怎樣，民宿主人並不清楚，只知道戰國時代，有許多遊女在那裡被處決了。

同好會的成員由哲平和龍太帶頭走在山中小路上，一路往前，漸漸地和並行而駛的車輛之間的距離越拉越開，大夥兒來到一個開闊的場所。像是木柱的供奉塔和說明牌立在一旁，說明牌上寫著遊女淵的由來。洋子背對著相機，讀起上面的文字。

「這裡是日本少數有名的靈異場所，超邪門的地方。」哲平模仿起外景主持人的語氣說道。雖然已是傍晚，太陽還沒有西沉，樹木翠綠得令人眩目。

嗤、嗤、嗤……畫面出現一堆橫線，影像開始如波浪般跳動。

「咦？」奈央驚呼一聲。

螢幕上，出現走在最前面的同好會成員的身影，可是哲平的頭忽然不見了，一整個變成了無頭人。

「這是……」奈央自語道。

「很奇怪吧？你再看一下前面。」

雅也再度讓ＤＶＤ快轉，等出現橫跨山谷的吊橋時再按播放。吊橋的長有四十公尺，橋面寬約一公尺，是用木頭、繩索還有鋼絲造成的。離底下奔流的河水足足有二十公尺以上的高度，從橋上掉下去，肯定必死無疑。龍太一馬當先，率先過橋。接著哲平、秋男、涼介、雅也也走了上去。後面依序是洋子、真由還有智美。「我就不過去了。」

來到橋頭的玲子打起退堂鼓，消失在畫面中，繞到正在攝影的奈央背後。
「我先走了喔。」出現奈央的聲音。
「我不敢過去，在這裡等你們。」玲子的聲音。
鏡頭繼續往前推移，洋子和真由害怕歸害怕，還是跟在男生的後面。
這時影像又開始跳動，真由的頭消失了。
奈央瞪大眼睛。
「喂，你們女生很慢耶！」秋男轉過頭來，他的頭也消失了。
「吵死了。」真由頂了回去，她的頭完全不見了。
「死掉的哲平、秋男、真由的頭都不見了，你有什麼看法？」
雅也的問題讓奈央不知該怎麼回答。
「集訓回來後，我們不是在教室舉辦了ＤＶＤ觀賞會嗎？那時，完全沒有問題呀。」
「嗯……」奈央應道。
「這個，很奇怪吧？」雅也說。
奈央沉默地點頭。她不想承認這是靈異現象，她不想讓高中生活的美好回憶，因為這樣留下了污點。
「咦？」專心看著畫面的雅也驚呼一聲。
奈央趕緊把視線轉了回去。電視螢幕上，出現同好會的成員走在山路上的影像。走在最前面的龍太的身邊，好像圍了幾個白色的人影，而且那人影不是一個、兩個，而是好幾個。奈央的身體不禁發起抖來。

「這是什麼？」雅也的聲音也有些顫抖。

正想說要看個仔細的時候，畫面上某個白色的影子突然回過頭來，把臉轉向這邊，簡直就像是從電視裡瞪著奈央他們似的。

一時間，奈央的身體動彈不得。

白色影子的臉看得不是很清楚，恐怖讓他們全身寒毛豎立。影子是純白色的，只有眼睛是紅色的。白色影子很快就消失了，只留下無比詭異的氣氛。

「怎麼回事？我剛看的時候還沒有這種東西啊。」雅也讓ＤＶＤ停止播放，長長地吁了口氣。

「那個白色影子，是什麼來著？」面對奈央的問題，雅也只是搖了搖頭，說「我不知道」。

「幽靈嗎？」

「或許吧。」

「遊女淵的孤魂野鬼？」

「我不知道。」

「我們又沒有冒犯到她們，只是去那裡探險而已。」奈央控訴地說道。

「也許光那樣，就已經冒犯到她們了。」

「怎麼會……難道哲平他們是因為冒犯到她們，才會死的嗎？」

「不是。」奈央很期待聽到這樣的回答，但雅也只是沉默不語。

無法言喻的恐怖正近逼而來，奈央本能地感覺到了。對了，早瀨說，記錄他們這組拍攝情況的影像怪怪的。還有，出現在手機螢幕上的女人身影，電車裡看到的白色影子，那天晚上做的噩夢……接下來，不知會發生什麼事……

「龍太沒事吧？」奈央說。

「我打電話問看看。」雅也拿起手機撥打龍太的電話，只是……

6

車子劇烈地上下搖晃，坐在後座的永倉龍太急忙伸手抓住前座的靠背。隔壁正在打盹兒的榊涼介頭撞到窗子，忽然驚醒了。

「痛、痛、痛……」看到大聲喊痛的涼介，龍太噗嗤笑了出來。能陪他一搭一唱的人醒了，真令人開心。

涼介睡覺的時候，龍太超無聊的。因為閒得發慌，他只好找開車的阿部賢治講話。阿部是龍太他們打工的那家拆屋公司的員工，實際年齡不知，不過，看他那鬆垮的雙下巴、肥肥的鮪魚肚，十足十的中年大叔。明天下午之前，他們都得跟他一起行動。

只要打工，多的是機會碰到這副德行的中年男子。龍太把他們分成兩種人。一種是貪杯好色、過著自甘墮落的生活，卻也徹底享受人生的人。跟這種人聊天比較有趣，只要一提到當年勇，他就會加油添醋地大吹特吹，用來打發時間正好。

還有一種，是什麼嗜好都沒有，活得超乏味的男人。最讓人受不了的就是這種人了，碰到他算你倒楣，跟他在一起，一點樂趣也沒有。

「說到音樂，你有沒有特別喜歡哪個歌手？」龍太問道。

「音樂喔，我很少聽欸。」

「搖滾樂什麼的，你都不聽嗎？」

「不聽。」

尷尬的沉默。

「……那，棒球呢？你支持哪一隊？」龍太再度問道。

「我對棒球也沒興趣。」

看來今天是踢到鐵板了。想說多少打發時間吧，龍太不斷翻出新話題來講，舉凡足球、格鬥技、賽車、賭博等等，阿部的回答一律是沒興趣。不管他問什麼，得到的答案永遠只有「沒興趣」三個字。

「那你喜歡怎樣的女人？」龍太最後只好使出撒手鐧，男人間要炒熱話題，開開黃腔、講講黃色笑話可說是屢試不爽。

「我一時也說不上來……」阿部的反應很冷淡。

「你有沒有什麼特殊的經驗？比方說，一夜情之類的？」

龍太自己都覺得自己問了個白癡問題，憑阿部的德行，怎麼可能會有那樣的經驗。

果然，阿部只應了聲「沒有」就不再說話了。

被顛簸的路況搖到醒來的涼介用手扶著頭，問說：「到哪裡了？」

「還在山裡面。」

「見鬼了，這不是我睡覺前的風景嗎？」

涼介把視線轉向窗外，就在這時，樹枝沙沙地刮過車窗，好像衝著他掃來似的。

「哇！」涼介嚇到從椅子上跳了起來。

「你膽子真的很小欸。」

「誰叫它突然喀吱喀吱得那麼大聲，我還以為死人骨頭爬上我們的車頂了。」

「你是恐怖電影看太多了，自己嚇自己。」

膽小的涼介，偏偏是恐怖電影的大粉絲，一個禮拜會去租三次片子的那種。

車子搖晃得很厲害，龍太差點從座位上跌下來。看他那樣，涼介笑了。

「一點也不好笑！」

「抱歉、抱歉。」涼介一個勁兒地道歉。

衝動的龍太和膽小的涼介真是最佳拍檔，超投緣的。
「咦，這裡連手機都不通喔？」
涼介看著手機，鼓起兩頰。大肥黑貓的待機畫面一角，出現「沒有服務」四個字。
「我說你啊，手機桌面用黑貓，不覺得很不吉利嗎？」從旁邊偷看的龍太說道。
「這是我家的六藏，人家牠最可愛了，哪會不吉利。」
龍太嗤之以鼻。他是不迷信也不算命的，可唯獨黑貓就是沒辦法接受。
三人乘坐的車穿過蓊鬱的綠色隧道，行駛在山路上。
「會有點晃喔。」阿部出聲說道。
「你也太馬後砲了，早就很晃了好不好。」龍太尖酸刻薄地說道。
「火氣別那麼大。再去勘查一個地方，就放你們回旅社休息。」
龍太和涼介做的是日薪八千日圓的拆屋工程助手，主要就是拍攝拆除前的屋況和幫忙丈量。有些房屋剛好在深山裡面，來去的交通時間十分可觀，不過，反正在車上休息也沒差，所以對時間很多的打工仔而言，算是很棒的一份工作。今晚他們預計會先在溫泉旅社住上一晚，明天一早再跟工程團隊會合，展開拆屋工作。
「你有做夢嗎？」龍太突然問道。
「啊？」
「夢啊。你剛剛不是睡著了嗎？有夢到什麼嗎？」

「你吃錯藥了，怎麼突然關心起我的夢了？」

「沒有啦，我只是……」

「只是什麼？」涼介反問。

「我夢到秋男了。」

「咦……」涼介的眉頭皺了起來。

「今天一大早，我因為呼吸不順醒了過來，醒來時我發現秋男就站在我的床旁邊，用手指著我說了什麼。」

「那是……」涼介的眼睛瞪大了。

就在進入山裡的一個小時前，他們接到洋子打來的電話，說秋男和真由因為意外往生了。

「秋男是在昨晚往生的，所以，他應該是來跟你告別的。」

怎麼覺得這句話好像在哪裡聽過。對了，哲平的通夜式上，秋男和真由也說過同樣的話。

「不對。他給我的感覺不像是來告別的。」

龍太想起今天早上的夢。當時天還沒有完全亮，所以應該還很早。醒來時他發現床邊有人。他嚇得想大喊卻叫不出聲來，只剩喉嚨「啊、啊、啊……」的吐著氣。鬼壓床了，身體動彈不得，只剩眼珠子能動。龍太轉動眼珠，發現是秋男站在那裡。他靜靜地看著龍太，龍太頓時頭皮發麻，身體從骨子裡冷了起來。秋男用手指著龍太，說了一句話，可他說了什麼，龍太卻不記得了。

大概經過了多久的時間呢？好像十分鐘又好像一小時，也有可能實際上只有幾分鐘而已。不知不覺中，秋男消失了，身體又能動了。那次的經驗十分奇妙，分不清是夢還是現實。

那個，到底是什麼呢？

車子在劇烈起伏的山路上行駛了約十分鐘左右，終於進入山裡的村落。太陽已經西斜，四周被山環繞的村落，放眼望去只有稀稀疏疏幾間木造的破房子，一棟新的建築都沒有。連田地都好像疏於照顧似的，雜草叢生。這是個與世隔絕的廢棄村落，斜眼覷著這般光景的三人，把車子停在村外的學校前面。

「這便是最後的工地現場。」阿部將車子熄火後說道。龍太率先走了出去。都怪阿部身上散發出的老人味啦，他被車內的臭氣薰得頭快痛死了。

「空氣倒是挺新鮮的。」

做著深呼吸的龍太信步走到預定要拆掉的舊校舍前。

「我的天！這實在有夠破爛的。」

受風雨侵蝕的廢棄校舍老化腐朽，好像隨時都會倒塌的樣子。已經幾十年無人聞問的學校，彷彿有一股怨念似的，超可怕的。

「不會有妖怪跑出來吧？」龍太喃喃自語。一邊把車鑰匙放在手指上轉，一邊走過來的阿部聽到後，笑著說道：

「廢墟嘛，八成都有幽靈躲在裡面，要小心不要被它們附身了喔。」

「你做這行做這麼久，有沒有什麼恐怖的經驗？」

龍太話才剛講完，阿部馬上一臉得意地說：「當然有啦，連屍體都見過好幾回。從一直沒有被人發現已經化作白骨的，到幾小時前剛剛上吊的新鮮屍體。這種事，根本不算什麼。」

「哇，超猛的。這不是貨真價實的鬼屋嗎？」拿著相機的涼介，兩眼發光地走了過來。

「趕快把事情做完，我要回旅社睡覺啦。」龍太煞風景地說道。

「首先，請從學校的正面開始拍起。」

在阿部的指示下，涼介把學校的外觀、大門、教室都拍了。然後，三人繞到建築物的後面。

「這個麻煩也拍一下。」阿部說。

被草木覆蓋的後院，從地面突出高約一公尺的水泥石塊。是一口古井，看到它，龍太不禁眉頭深鎖。

「見鬼了，連井都有？饒了我吧。」

從古典怪談到現代的恐怖電影，井一向是鬼故事不可或缺的佈景。井跟鬼畫上等號，這樣的觀念一直深植在龍太的心裡。

進入草叢的三人，站在直徑約一百五十公分的古井前，井口上蓋著一塊已經腐朽的木板。涼介後退幾步，準備拍下照片。

「裡面也要拍。」

阿部手握車鑰匙，直接把充當蓋子的木板給抬了起來。木板背後一大堆水蛭在鑽動。

「哇！」阿部大叫一聲，扔下木板。就在這時，手裡握著的車鑰匙也順勢飛了出去。鑰匙好像被吸進去似的，掉到了井裡面，鏘一聲的輕脆聲響就像地獄的鈴聲般，從底下傳了上來。

「嚇了我一跳。」阿部哈哈大笑地說道。

「啊，這下要怎麼辦？」

用輕鬆語氣問道的龍太，其實心底正怒火中燒。在這前不著村、後不著店的鬼地方，就算叫得到道路救援，也要等上好幾個小時吧？已經是傍晚時分。要他在這偏僻荒涼的村落裡枯等，他死都不要。壓根不知道龍太想法的阿部，一派輕鬆地回到車上，拿了手電筒回來。

「我看一下裡面。」阿部打開手電筒往井裡面照去。車鑰匙掉在浮在水面的垃圾上頭，閃爍發光。

「不幸中的大幸。」

「幸你個頭啦！」龍太反唇相譏。車鑰匙雖然沒有沉到水裡面，可離地面少說也有七、八公尺。

「車上應該有繩子。用那個綑住身體，從井口探下去取就行了。」

「誰去拿？」龍太問。

「我不可能。我體重有九十公斤，你們兩個應該拉不動我吧？」

「鑰匙是你弄丟的，你下去拿。」雖然很想這麼說，卻說不出口。阿部說的沒錯，要龍太和涼介兩人把他拉上來是天方夜譚。

「我也不行。要我下到井裡面是絕對不可能的，我會死的。我從以前就有幽閉恐懼症，這點龍太也知道。」涼介緊接著說。

答案一開始就決定了。三人裡面，論膽量和行動能力，能夠下到井裡面、從水面上把鑰匙撿起來的只有龍太。沒有時間猶豫了，周圍已經開始變暗，要他摸黑下到井裡面，他死都不要。

「知道了啦！我去不就得了。你們待會兒要請我喝酒！」

「來吧，及時行樂。」一邊說，胖子阿部一邊俐落地張羅起來。

「樂你個大頭鬼啦！」龍太碎碎念道。

阿部熟練地用繩索綑住龍太的身體，接著把繩子的另一頭綁在附近的樹上，下到井底的準備一下子就搞定了。

「那我下去了喔。」龍太認命地說道。

抓著繩索的阿部和涼介馬上應了聲：「好咧。」

「就你們兩個悠哉。」

臨走前不忘再挖苦幾句的龍太一下到井裡面，馬上被冰涼的冷空氣包圍。隨著繩子慢慢往下放，龍太也謹慎地慢慢往下滑。

「真糟糕……」龍太自語道。陰暗的井裡面，比想像中的還要可怕。早知如此，就多等一下叫道路救援好了。雖然後悔，卻已無路可退，只有跟它拚了。

「沒事的，振作一點，你可是男子漢呀。」

龍太激勵自己道。一公尺、兩公尺、三公尺，身體逐漸地往下降。抬頭一看，正好看到握著繩索的阿部的臉。

咦？那是什麼？

阿部的背後有個人影。本想說是涼介的，又好像不是。因為那是個長頭髮的女人。是村裡人來看熱鬧的吧？女人的身影一下就消失了，也有可能是他眼花了。四公尺、五公尺、六公尺……龍太慢慢地往下降。從上面看並沒有那麼深啊！感覺好像會被無邊的黑暗給吸進去似的。終於，他的腳尖碰到了水，突然間，他的身體抖得厲害，好像觸電一樣。黑漆漆的水面上像是藻類的水草搖曳著，車鑰匙就掉在水草上頭。

「好了，可以了！」龍太大喊，繩索馬上停住。接下來就難辦了。因為他必須在直徑一點五公尺寬的狹窄井內，把身體整個翻轉過來。他丹田用力，頭往下探，屁股往上頂，身體慢慢翻轉，變成頭下腳上。車鑰匙就在前面，他伸手一抓，緊緊握住。把身體轉回原來的姿勢太麻煩了，乾脆讓他們直接拉我上去好了，龍太心想。

「拉我上去吧。」他向阿部還有涼介發出指令，卻沒有反應。是沒聽到嗎？

「喂，已經拿到了。拉我上去！」

繩索是有往上拉的跡象，卻沒什麼動。這時從水裡咕嘟地冒出氣泡。

咕嘟、咕嘟、咕嘟……氣泡不斷地冒了上來。

「什麼？」

比壘球大上一倍的白色球體浮出了水面，它的左右各有一個黑黑的洞，中間還塌陷了。這是骷髏，近在眼前，死人骨頭就這麼浮了上來。剛剛以為是藻類的東西，其實是屍體的頭髮。

「哇啊啊啊！」

龍太發出驚天動地的尖叫聲，待在上面的阿部和涼介被那聲音嚇到放開了繩索。

噗通！

龍太掉進泡著死人骨頭的水裡面。

咕嘟、咕嘟、咕嘟……在水裡拚命掙扎的龍太因為頭下腳上的關係，越是扭動得厲害，身體越是往下沉。死人骨頭好像要抱住龍太似的，緊緊貼著他。

「哇、哇、哇……」龍太在水中大叫，他用手揮開屍體，想辦法讓身體轉過來，讓臉露出水面。

「救、救、救……救命呀！」龍太喊。

上面的阿部和涼介趕緊抓住繩索，出力往上拉。

龍太的身體逐漸脫離水面。呼！正打算喘口氣的時候，死人骨頭的手突然抓住龍太的左腳。剛剛落水的時候，屍體的手指正好勾到龍太的腳，然而，驚慌失措的龍太只覺得是屍體纏住他不放。

「放手！放手！放手！」

龍太的腳拚命亂踢，但就是擺脫不了屍體。

「你、你、你到底想幹嘛啦！」

屍體的手緊緊抓著龍太左腳的腳踝。雖說它應該已經死透了，抓人的力氣卻挺大的。

「放手！」

龍太用空著的右腳把抓著他左腳的屍體一腳踢開，終於，死人骨頭放開了龍太。

7

心煩意亂的雅也撥打著龍太的電話，身旁的奈央一臉擔心的樣子。龍太的手機沒有人接，響了幾聲後，直接轉進了語音信箱。

「是我雅也，有重要的事跟你商量。請你聽到留言後，回電給我。」

留完言後，雅也把電話掛了。

「希望他能早點發現我們的留言……」

不安閃過腦海。不會有事的，不過就是ＤＶＤ的影像怪怪的，不過就是碰巧往生者的頭從畫面上消失了。龍太被白色影子纏住的那幕，也未必是什麼靈異現象。如果讓龍太知道，就為了這點小事找他，說不定還會被他笑話呢，不過，還是善意地提醒他一下比較好。

「現在呢，要幹嘛？」奈央問。

看完ＤＶＤ後，外婆正好買東西回來，於是他倆就移師到了二樓。在家具、電視什麼都沒有的單調房間裡，兩人實在很難打發時間。要是在以前，還可以講講老師的壞話，聊聊朋友的八卦什麼的，可現在完全沒有那種心情。

「我要回去了。」氣氛實在太沉悶了，雅也受不了地說道。

「龍太要是有回電，記得通知我。」

兩人相偕下了樓，芙美子立刻從客廳探出頭來，

「要出去嗎？」她若無其事地問。

「他要回去了。」奈央硬擠出笑容回答。

「咦，這麼快？我還以為你們會出去兜兜風什麼的。」

「今天打擾了。」

雅也輕輕點了個頭後便走了出去，此刻他沒心情跟人閒話家常。

「外婆她好像誤會我倆的關係了。」

奈央送雅也出去，雅也聞言露出苦笑。這世上是有人可以厚著臉皮，不吃白不吃。他不想成為那樣的人，可是像他這樣太在意別人眼光的，其實也不太好。假設，他真的不管三七二十一地約奈央出去，或許她會跟他交往也不一定。可是，他做不出來，他沒那個膽。雅也討厭凡事小心翼翼的自己。

「駕照，什麼時候考到的？」奈央看到車子問道。

「去年的暑假。大學的暑假不是都很長嗎？反正閒著也是閒著。」

「高中的時候，就沒那種時間。不過才一年，已經是兩個世界。」

「倒是，奈央你很忙吧？」

「只有拍片的時候。不過，那個已經告一段落，現在的我是自由身。」

「你還有在拍獨立電影嗎？」

「是很想拍啦……現正充電中。也許，我沒那個天份。」

奈央一臉落寞地說道。

「你絕對沒問題的啦。」如果這樣說，奈央肯定會很高興。然而，沒用的雅也就是說不出口。也許她就期待著這麼一句話，這種不知變通的個性，連他自己都受不了。要二十歲的雅也多懂女人的心思，或許太過勉強，不過，即使十年後、甚至二十年後，他都會是這樣一個不識趣的男子吧？

「那我走了。」雅也作勢上車。

「龍太要是有打電話給你，不管多晚都要讓我知道。」奈央叮囑道。

「我會的。」

告別奈央，雅也開車走了。

感覺今晚馬路特別的黑。天空陰陰的，沒有星星也沒有月亮是原因之一，但不光是這樣，好像連街燈也不太亮的樣子。

手握方向盤的雅也，陷入自我嫌惡的情緒中。和以前一樣，他就是沒辦法自在地跟奈央講話。雅也喜歡她，隔了好久才見面，更讓他確認了自己喜歡她的心情。這不是單相思，她對自己應該也有好感。從以前他倆就很合得來，在一起很開心，就算真的交往了也不奇怪，反倒是始終維持著朋友關係才不自然。如果他們是在大學而不是在高中時候認識的，肯定會成為男女朋友。在高中時認識真是太背了，就算想要談戀愛，卡個大學考試在那邊，也沒辦法輕鬆告白。本想等畢業後再說的，她卻要到東京去了，這下他又退縮了。遠距離戀愛通常都不長久。

話雖如此，他還是應該告白。不管結果如何，他都應該把自己的心意表白出來。怪只怪他太在乎她了，才會如此慎重。不對，不是那樣的。狡辯。他只是優柔寡斷而已。就在他磨磨蹭蹭的時候，奈央的父母搬家了，兩人的距離又更遠了。

雅也知道自己臉皮薄、不敢衝，所以，就連成績也總是第二名，拚不過第一名的洋子。再下去恐怕沒有辦法——他經常這樣自我設限。他想要超越極限，改變自己。向奈央告白將是他改變自己的第一步，然而，現在還不是時機。真想快點聽到龍太活力十足的聲音，這樣他就可以證明ＤＶＤ的奇怪影像跟朋友的死一點關係都沒有。龍太怎麼還不打電話過來？雅也焦慮地握著方向盤。

「啊！」

突然有小孩衝到車子前面，雅也趕緊踩煞車。真是千鈞一髮，幸好他的車速沒有很快。

小孩一溜煙地跑開了。

真是的，我幹嘛那麼緊張？這附近的路我早開慣了。不知什麼時候，雅也的肩膀聳了起來，身體不停地在冒汗。

冷靜下來，別把自己逼得太緊。雅也搖下車窗，用力呼吸著外面的空氣。

「放心，不會有事的。」說完這句話後，他繼續開車上路。

8

多災多難的龍太三人抵達旅館時，已經過了晚上十點。鄉下地方的警察有夠笨的，光是跟他解釋發現屍體的經過，就花了一個小時以上。而且，警察到達前，太陽已經下山了，要等隔天才能把屍體撈上來。掉到井裡的龍太只覺得自己全身發癢，癢到受不了。

「真是無妄之災呀。」

到達旅館後，阿部一邊抱怨一邊打電話回公司報告。龍太二話不說地就往洗澡的地方衝；涼介說想看連續劇，就待在房裡沒有出來。

一樓的大浴場裡，除了龍太以外沒有其他的客人。

「真正受害的是我好不好！」一邊低聲咒罵的龍太，一邊搓洗著身體。不管再怎麼洗都還是聞到一股腥臭味，身上該不會沾到屍臭了吧？在往旅館的車上，涼介問「你有沒有聞到什麼味道？」他回說「是你想太多了。」其實，臭到連自己都聞到了。龍太用力搓洗著身體，洗到皮膚都發紅了。

「咦？」

左邊的腳踝有一塊黑色的瘀青，是在哪裡撞到的呢？啊，是掉到井裡的時候，討厭的記憶重新回來了。頭下腳上掉進水裡的龍太的眼前，漂著一具死人骨頭。那頭髮就像在水中擺動的海藻，輕輕拂向自己的臉。他手腳不停地拍動想要浮出水面，可是由於身體向下的關係，反而更往下沉。他試著翻轉身體，讓臉探出水面，大聲呼救。就在這個時候，好像有什麼東西抓住了龍太的左腳。回頭一看，是白骨的手握著龍太的腳，屍體正打算把龍太往井底下拖。不可能，這傢伙已經死了。龍太伸出右腳，把抓著自己左腳的屍體踢開。左腳上的瘀青，就是這樣來的。想到這裡，一股酸水從胃裡冒了上來。

「噁！」

龍太對準排水口猛吐，刺鼻的酸味飄散開來。幸好這裡沒有其他客人。如果有人在的話，肯定會被抗議的。他把蓮蓬頭的水量轉到最大，把阻塞在排水口的嘔吐物沖乾淨。

「今天真是有夠倒楣的。」接著他又用水柱漱了漱口。左腳上那個像手印子的瘀青實在太明顯了，就像是被人給抓出來似的。

洗完回到房間的龍太，拿出一直放在包包裡的手機查看。發現有一通留言，便按下了聽取鍵。

「是我雅也，有重要的事要跟你商量。聽到留言，請回我電話。」

重要的事，會是什麼事呢？他跟雅也之間應該沒什麼可商量的……？

「來，答應你的酒。」

阿部提了罐裝啤酒進來，對著正在思索的龍太說道。

「咦？」

「下到井裡之前，你不是要我請你喝酒嗎？」

「對喔，算你上道。」

嘆了一口氣，龍太拿起啤酒就灌，這時涼介拿了不知從哪裡弄來的小菜過來。旅館的販賣部已經打烊了，鄉下地方連一家便利商店都沒有，他是從哪兒弄來這些的？還真不能小看了他。說不定這種吊兒郎當的傢伙，反而會在社會出人頭地呢。正要開懷暢飲，卻被阿部說道：「拜託不要吵我。」便鑽進了被窩裡，兩人只好移師來到外面的陽台。

夜黑得彷彿被潑了墨汁一樣。陽台面對著的森林，近得好像伸手就觸摸得到。茂密的樹木又濃又綠，森林裡一片漆黑。

「雅也打電話給我。」

聽到龍太這麼說，涼介一副我就知道的神情。

「他是想說趁奈央回來的時候，約大家去喝一杯吧？」

「不是才剛開過同學會嗎？」

「可是，發生那種事，大家都不盡興嘛。在同學會上同學死掉了，這根本是恐怖電影的情節，大家嚇都嚇死了，哪敢放膽喝。」

「死掉的可是哲平欸，這種話你也講得出口。」龍太的臉色沉了下來。

「抱歉。倒是，我看雅也那小子，應該是想追求奈央吧？」涼介轉移話題。

「既然那樣，他們自己去喝不就好了？」

「話是沒錯啦，可是雅也不是超沒膽的嗎？」

「會讀書，不一定會搞女人是吧？」

「所以說龍太你會囉？」

「廢話！說到搞女人，有誰比我厲害！」

「吹牛的吧？」

「我說你也太……啊！」

左腳好重。好像有什麼東西拉了龍太的左腳一下。

「怎麼了？」涼介問。

龍太看向自己的左腳。啥都沒有，不可能有，是錯覺。

窸窸窣窣……幽暗的森林裡好像有東西在爬。

「該不會是狸貓吧？」龍太敏感地反應道。

「你看到什麼了？」

涼介探出身體，看向森林的深處。他看了許久，什麼都沒看到。

「看不出有東西呀。」

「樹的後面，沒有東西在動嗎？」

「樹喔，那是被風給吹的。」

「是嗎？我怎麼覺得好像有東西在動……」

兩人豎起耳朵。風吹得樹木劇烈搖晃，大片的黑影如波濤起伏。龍太和涼介所在的陽台，就像是漂在黑夜這片大海中的一條小船。

「我懂了。你是故意嚇我的，對吧？」涼介語帶天真地說道。

「誰那麼無聊。我是真的……」龍太話說到一半不說了。

覺得不對勁的人只有自己。涼介還是像平常一樣，開心地喝著啤酒。掉進泡著屍體的井裡面，會變得疑神疑鬼的，或許是很正常的事。說不定喝醉了就忘了，龍太拿起手邊的啤酒一飲而盡，喝醉了就沒事了。

「你覺得奈央還是處女嗎？」龍太故意扯些無聊的話題來講。

「天曉得，不過至少她跟雅也沒做過吧？」涼介馬上接了下去。這傢伙，不愧是他的好哥兒們。之後，兩人就一邊喝著啤酒，一邊聊了近一個小時的廢話。終於，涼介打了個好大的哈欠。

「我想睡了，先進去了。」

「別丟下我一個人嘛。」

「龍太你還不睡嗎？」

「我再坐會兒，啤酒也還有剩。」

「是喔。那，我先睡了……」涼介回房間睡覺去了。

還沒醉的龍太一個人繼續喝著啤酒。他都已經喝了五罐了，卻始終不醉。不僅如此，還越喝越清醒了。他的酒量是不錯啦，但以前也沒喝得這麼猛過，還真是見鬼了。他的神經一直處於緊繃的狀態，只要有一點風吹草動，就會變得非常敏感。

呵呵呵……怎麼好像聽到女人的笑聲。

那是什麼聲音？

他豎起耳朵仔細聽，卻只有聽到風的聲音。看來他是把風吹過樹梢的迴音聽成女人的笑聲了。身體突然打起冷顫，一陣寒氣襲來，迫使龍太回到屋內。

鑽進被窩的他，即使閉上眼睛還是睡不著。應該等一下就會睡著了，今天一早就從長岡出發，還在山路上顛簸了好幾個小時，身體應該很累才對。正當龍太打算翻身，培養睡意的時候——怎麼搞的？身體沒辦法動。該不會鬼壓床了？

他試著轉一轉手，手動了，上半身也可以動。不是鬼壓床。既然如此，那為何沒辦法翻身呢？他睜開眼睛，坐起上半身，朝腳邊看去。瞬間，巨大的恐懼襲來。被子高高隆起，有東西窩在龍太的腳邊，而且，還抓住了他的左腳。全身如陷冰窖，汗瞬間噴了出來。

什麼？這是什麼東東！

本想要大聲呼救的，可喉嚨啞了喊不出聲音來。他不想知道是什麼東西抓住了自己的腳，就算不看，也想像得出來。肯定是井底的那傢伙，是它抓住了自己的腳，那傢伙專門以嚇我為樂。

可惡，我沒有那麼好欺負！

龍太心一橫，用力掀開被子。頓時，讓心臟幾乎要停止跳動的恐懼襲來。

抓著他左腳的是一個留著長髮、全身是血的女人。那女人衝著龍太，露出莞爾一笑，嘴裡一顆牙齒都沒有。

呀！他想叫，卻叫不出聲音來。

救命。

龍太爬了起來，不顧一切地往外面衝。這種地方，他一秒鐘也待不下去。他就這麼穿著浴衣，連鞋子也沒穿地逃離旅館。好像有人在背後追趕他似的，他跑在鄉間的小路上。他看著前面，拚命地跑。漸漸的，終於喘不過氣來，跑的速度放慢了，他改用走的，不過，他並沒有停下來，繼續往前走。走過一整個村子後，連街燈也沒剩幾盞。漆黑的山路上，龍太獨自一個人走著。

失策，我太衝動了。龍太後悔著。我怎麼會獨自離開旅館呢？把睡在隔壁的涼介叫起來不就好了？不該一個人逃出來的。

啪噠、啪噠、啪噠……

從剛才就一直聽到背後有腳步聲，好像有什麼跟著他。龍太害怕極了，不敢回頭看，他再也不想看到鬼了。就這樣一直走到天亮吧，只要天亮，那東西就會不見了。在那之前，他只能繼續走下去。

突然間，他想起昨天晚上的夢。死去的秋男站在他的床旁邊，他用手指著龍太，說了什麼。那句他一直想不起來的話是：「接、下、來、就、輪、到、你、了……」

「接下來就輪到你了。」秋男是這麼說的。

啪噠、啪噠、啪噠、啪噠……

啪噠、啪噠、啪噠、啪噠……

啪噠、啪噠、啪噠、啪噠……

啪噠、啪噠、啪噠、啪噠……

怪了，腳步聲變多了，兩個、三個、四個……好幾個人的腳步聲。龍太的身體格格地直發抖。千萬不能回頭，三更半夜，會在山裡默默跟在你後面走的，不可能是人，肯定是鬼沒錯。

啪噠、啪噠、啪噠、啪噠……

腳步聲越來越近。

再不跑的話……

龍太再度狂奔了起來，他邁開步伐，全力地跑著。可不管再怎麼跑，周圍的風景依舊沒變。拜託！讓我趕快跑到隔壁的村子吧。祈禱時他依然拚命地跑著。不可以停！停下來會被鬼給抓走的。漆黑的森林綿延無盡頭，腳底踩到了小石子，可他沒功夫去理它。雖然痛，他還是繼續不停地跑著。小石子深深刺進了腳肉裡。

呼、呼、呼、呼……

沒力了，跑的速度慢了下來。

呼、呼、呼、呼、呼……

心臟就像打鼓似的怦怦作響。不行了，跑不動了。停下腳步的龍太豎起耳朵仔細聆聽。

一片寂靜，連蟲子的叫聲都聽不見。

「太好了，脫逃成功。」

腳步聲不見了，鬼魂消失了。正感到鬆了口氣的時候——

啪噠、啪噠、啪噠、啪噠……腳步聲再度響起。

窸窸窣窣……窸窸窣窣……窸窸窣窣……

除了腳步聲，好像有什麼東西在地上拖的聲音。

那會是什麼聲音？

窸窸窣窣……窸窸窣窣……窸窸窣窣……

好像是和服在地上拖的聲音，有人穿著和服在地上拖行著。龍太已經沒有體力了。跟在背後的那些，也許是村子裡的人。大家擔心光著腳跑出來的龍太，全都聚攏了過來，肯定是這樣的。……可是，他們為什麼都不出聲呢？這種事只要回頭就知道答案了。可是，也不知為什麼，身體就是抖個不停。只要回頭看，一切就完蛋了，他有這樣的預感。可是，這樣下去也不是辦法。世上根本就沒有鬼好嗎！回頭好了。回頭，然後回到旅館。涼介在那裡等著我。

把心一橫，龍太轉過身子。

「啊！」

眼前出現令人不敢置信的景象。不是一個人、兩個人，而是一堆人。

怎、怎、怎麼可能……

龍太嚇呆了。明明他已沒有力氣，卻不自覺地往後退。不該看的，不該回頭的。他沒想到會看到這種東西。

「哇啊啊啊……」

龍太掉入無邊的黑暗中。

9

那天，奈央陪外婆去買東西，在外面吃了飯才回家，過著悠閒的暑假。早上，雅也打電話過來說始終聯絡不上龍太，沒想到他竟然已經死掉了。傍晚看電視時得知了龍太的死訊，新聞說龍太喝了酒，在山裡迷了路，從懸崖掉了下去。

「怎麼會……」

不祥的預感果然成真了，ＤＶＤ的影像預告著死亡。不久，雅也就打電話來了。

「新聞，你看了嗎？」雅也的聲音顫抖著。

「嗯，龍太走了……」

「我現在過去找你，方便嗎？」

「我也有話想跟你說。」

電話掛掉不到十分鐘的時間，抱著筆記型電腦的雅也已經慌慌張張地跑來了。

「只要有了這個，ＤＶＤ在哪兒都可以看。」

雅也冷靜的反應，讓奈央心裡踏實了許多。

「你來了。」外婆笑容可掬地跟雅也打招呼，她完全誤會兩人的關係了。

「打擾了。」雅也禮貌地回應道，奈央帶著他直接來到二樓。

「警方好像已經把龍太的死定調為意外了。我想，他們應該不會展開調查吧。」—

進入房間，雅也馬上切入正題。

就算離奇的命案接二連三地發生，只要死因沒有疑點，警方就不會出動。玲子是出車禍死的，哲平是病死的，秋男、真由，還有龍太都是死於意外。這五人之間唯一的共同點，就是同屬班上網球同好會的成員。雖說這一年來，班上同學接連有五個人去世，但他們的死都沒有疑點。

「ＤＶＤ，要現在看嗎？」奈央問道。

「對喔。再看一遍好了。」

雅也把筆電放在地板上，接上電源。等待電腦開機的時間，兩人都沒有說話。把ＤＶＤ放進去的雅也非常緊張，ＤＶＤ開始播放，螢幕上出現暑假集訓的影像。兩人頭挨著頭，仔細盯著螢幕。

民宿前面，同好會的成員正嘻笑打鬧著。

雅也將影片快轉，等出現遊女淵時再按播放。

同好會的成員聚集在供奉塔前。搞笑模仿播報員的哲平頭不見了。不管看幾次，都還是覺得很詭異。對了，好像說大學拍紀錄片那組拍到的影像，產生了什麼奇怪的變化。那裡面有拍到奈央，然後，拍這片ＤＶＤ的人也是奈央。

這一切，會不會跟我有什麼關聯？

奈央把視線移回電腦螢幕。她看見正在過吊橋的秋男頭不見了，接著真由的頭也不見了。到此為止，都跟昨天看的時候一模一樣。不過，令人驚訝的是，後面的影像出現了變化。

過了橋的同好會成員一行走在山路上。之前看的時候，走在最前面的龍太的身邊有一群奇怪的白影圍著，現在那些影子消失了。然後，龍太的頭也消失了。

「這……」奈央不知該說什麼。

「影像產生變化了。」雅也說道。

事實明擺著了：死掉的人頭會不見。兩人把DVD整個看完，沒再出現其他的變化，也沒再看到詭異的白色人影。

「接下來要怎麼辦？要給洋子看嗎？」奈央問。

「這個嘛……」

雅也猶豫著。眼下龍太已經死了，就算這一切是遊女淵的鬼魂作祟所引發的超自然現象，只要不再擴散出去，就沒有必要讓大家知道。讓其他人以為朋友的死是一連串不幸的巧合就好了，沒必要讓他們知道死因可能是鬼魂作祟。問題是，這個現象會不會再擴散出去……詛咒也好、報應也罷，如果事先知情的話，也許還可以避開，可能去祭改會有幫助什麼的。

「還是讓大家知道吧。」雅也下了決斷。

「我贊成。」奈央附議道。這並不表示她信任雅也，只是她也想聽聽洋子的意見。

雅也有些不安。跟暑假只在長岡住幾天的奈央不一樣，一直到大學畢業為止，他都要待在這裡。同學的死是因為鬼魂作祟，這種事一旦鬧開，事後證明只是烏龍一場的話，他肯定會淪為眾人的笑柄的。

不過，現在可不是在乎面子不面子的時候。

「等龍太的通夜式過後，再讓洋子他們看看這個吧。」雅也說。

第2章　一下子變成了五人

1

龍太的通夜式舉行完的隔天，網球同好會的成員全被叫到雅也的家中。雅也的父母都是高中老師，他們家就位在市中心，作為朋友聚會的場所再適合不過。雅也的房間有八個榻榻米大，裡面音響、電視、ＤＶＤ播放器、電腦、遊戲機等，對大學生而言不可或缺的電子產品一應俱全。書架上擺的偵探小說或歷史小說，是按照作者姓名分類的，至於電影雜誌則按照年代順序排放。ＤＶＤ也好、ＣＤ也罷，全在架上擺得整整齊齊，連桌子也收拾得一塵不染。因為要叫朋友到家裡來，所以事先打掃過？但平常應該也亂不到哪裡去。還真像是中規中矩的雅也的房間，奈央心想。

他們這五個同學，個個表情凝重，互相隔著一段距離坐著。智美的眼睛給哭得又紅又腫，涼介一副失魂落魄的樣子，洋子則是始終板著一張臉。

昨天，去參加龍太通夜式的時候，奈央有聽到其他同學在講：

「死的全是網球同好會的成員欸。」

「他們，該不會是被詛咒了吧？」

「都說在不宜出殯的日子死掉的人，會找朋友當替身的。」

兇悍的洋子朝那些說閒話的人狠狠地瞪了一眼，他們立刻閉上了嘴巴。不過，眼神還是掩不住好奇。

「說吧，把我們叫來的理由是？」

似乎是讓洋子不善的語氣給嚇到，雅也支支吾吾的，「呃，是這樣的，其實是……」語無倫次地說著。

「哲平死後才不過幾天……秋男和真由就死了，然後龍太也死了。……如果把去年去世的玲子也算進去，網球同好會的成員已經死了五人了。……你不覺得，事情有點奇怪嗎？」

「是碰巧吧，也只能這麼想了。」洋子回答得很乾脆。

「嗯，話是沒錯啦……可是……」聽雅也講話真是急死人了。

「龍太的死是意外。」涼介插嘴道。

「涼介你有接受警方的偵訊吧？你也跟我們講一下，當時是怎樣的情況。」洋子說。

「也沒怎樣啦。最後見到龍太的人是我，所以，警方問我說他出事前的樣子。」

「他出事前是什麼樣子？」

「那天真是有夠倒楣的。」

涼介開始把龍太為了撿車鑰匙，下到井裡，發現死人骨頭的事講了出來。

「我在電視上也有看到，原來發現者是龍太啊。」洋子吃了一驚。

「不光只是那樣，龍太整個人掉到井裡面。我只負責拉繩索，所以沒有看到。不過，那東西肯定非常恐怖。」

奈央全身打起了哆嗦。掉到沉入屍體的井裡面，這種事光聽就讓人毛骨悚然。

「那天晚上，龍太喝得比平常都猛。他大概是想藉著酒精，把可怕的感覺趕跑吧。我陪著他喝了一會兒，可後來我想睡覺，就先去睡了。現在想來，我應該一直陪著他的。這樣，龍太就不會發生那種事了。」涼介懊悔地說道。

「未來的事誰會曉得呢，你不要太自責了。」洋子安慰他。

「你去睡了後，龍太怎麼樣了？」雅也問。

「他應該是想要醒酒出去散步去了。我睡死了，沒發現他出去了。……不過，我剛剛已經說了，龍太的死是意外。警方告訴我說，村裡有人看到他一邊喃喃自語一邊在山裡走著，而且，山崖前只有龍太的腳印。他應該是在山裡迷路，掉下山崖摔死的。」

「毫無疑問，龍太的死是出於意外。」洋子好像法官在斷案似的說道。

「啊，可是還有一點很奇怪。龍太好像是光著腳走出去的，他的鞋還留在旅館裡。」

「這表示他真的喝醉了。」洋子說。

「是嗎？」涼介露出不服氣的表情。

奈央在等雅也提出反駁，可從頭到尾雅也沒說過一句話，怎麼回事？

今天的雅也怪怪的。任憑洋子一個勁兒地發言，完全不回嘴。既然如此，只有奈央來講了。

「的確，他們每個人的死都找不出任何疑點。可是，接二連三地發生也太奇怪了。」

「都說現實比小說離奇了嘛。」

洋子強硬地回覆道。看來只跟她做口舌爭辯，她是不會相信的。還是給她看ＤＶＤ比較快，看過ＤＶＤ後，洋子的態度就會改變了。

「雅也，讓大家看ＤＶＤ吧。」

「你說那個喔……」雅也拖拖拉拉的。

「怎麼了？」

「還是算了吧。」

奈央腦袋一片空白。ＤＶＤ裡出現了的奇怪影像，今天把大家集合過來不就是為了這個嗎？怎麼……真不知雅也在想什麼。

「你們兩個，是不是有什麼事瞞著我們？」

看到兩人起了內訌，洋子質問道。沒憑沒據的，說什麼「可能是遊女淵的鬼魂在作祟」，任誰也不會相信。就連看過影像的奈央自己，也是半信半疑的。

「還是給大家看ＤＶＤ吧，這樣比較清楚。」奈央再度提議道。

「沒那個必要。」雅也拋下這句話，就不再開口了，氣氛頓時變得很尷尬。

洋子和涼介看著兩人的樣子，露出困惑的表情。

「……我要回去了。」

在這之前一直沒有說話的智美突然站了起來。原本智美長得就不起眼，今天感覺存在感更弱了，簡直快要消失似的。對龍太懷有好感的她，在昨天的通夜式上哭得唏哩嘩啦的，旁人見了都覺得很不捨。

「等一下，有重要的事要跟大家講。」奈央硬著頭皮叫住了她。

「沒事，智美可以回去了，沒什麼重要的事要講。不好意思，把你叫來。」雅也抱歉道。

「雅也，你是怎麼了？今天把大家叫來，不就是為了給大家看那個嗎？」

奈央實在沒辦法了，雅也的態度讓她無法接受。到底發生了什麼事？為什麼不讓大家看DVD了呢？

「喂，你們說什麼DVD？」洋子出手幫忙了。

「就前年，暑假集訓時拍的DVD，裡面出現怪怪的東西。」

「怪怪的東西？」洋子的眉頭皺了起來。

「沒有，什麼都沒有，是我搞錯了。」雅也拚命想把事情蒙混過去。

「搞錯了也無所謂，給我們看DVD吧。要不好像奈央一個人在胡言亂語似的，這樣對她太不公平了。」洋子說。

看到癟著嘴、陷入天人交戰的雅也，奈央突然想到：該不會有什麼理由，不能給大家看ＤＶＤ吧？所以，雅也的態度才會那麼奇怪。

「發生什麼事了？」奈央問。

「下一個，可能會輪到智美。」雅也小聲地回答。

「我怎麼了？」

這句話被耳朵很尖的智美聽到了，她的反應超大。奈央簡直是在自掘墳墓。

「你說呀，我會怎麼樣？」智美逼問著雅也。

「不，你不會怎樣。」

「剛剛，你不是說下一個會是智美嗎？那句話，是什麼意思？」

天啊，這要他怎麼回答！難道要他說下一個死掉的可能會是智美嗎？

「喂，到底是什麼意思。說呀！」

「哪有什麼意思。」雅也一再否認，可智美卻「告訴我呀」地死纏爛打，不肯罷休。

這不像平常悶不吭聲的她，簡直判若兩人。話說回來了，智美的樣子也怪怪的。身子單薄也就算了，好像風一吹就會倒了似的。因為暗戀的龍太死掉了，所以她也不想活了——是這樣嗎？也許事情沒那麼簡單。

「你給我說清楚。我會發生什麼事？」

事已至此，雅也不再掙扎。

「知道了啦，我說。……我和奈央認為，龍太他們五個人的死，不是偶然、湊巧那麼簡單。有可能是……」

「你是想說詛咒或是鬼魂作祟嗎？」洋子一語道破。

「是的，沒錯。我不確定是詛咒還是鬼魂作祟，但網球同好會的成員遇到的可能性非常高。」

「說什麼鬼話……」嘴巴上這樣說的洋子並沒有馬上提出反駁，反而認真思考了起來。好友接二連三地死去，她也覺得事情確有蹊蹺。

「我們肯定被詛咒了。所以，下一個死掉的人，會是我……」智美訥訥地說道。

「雅也，你發現什麼了？」

面對奈央的質問，雅也只是輕輕地搖了搖頭。

「是我！下一個死掉的人，是我。」

好像氣球爆裂一般，冷空氣瞬間把周邊凍結了。大家全都看著智美，只見她放低音量，幽幽地補了一句：「那句話就是這個意思。」

「龍太來看我了。」

智美語調沒有高低起伏地說道。奈央屏住氣息，聽她說下去。

「昨晚半夜的時候，龍太站在我的床旁邊。我原以為那是夢，結果不是夢。那是真的。龍太用手指著我……說：『接下來就輪到你了。』意思是說，下一個死掉的人會是我。」
死去的人會跑來通知下一個死掉的人？真的會有這種事？
「秋男和真由，在幫哲平守完夜後，也說過同樣的話。」
對喔。說完那些話後，他們兩人就在新潟的西港溺斃了。
「龍太也說過同樣的話。死之前，他說秋男曾來夢裡找他。」
涼介此話一出，智美馬上陷入了歇斯底里，
「真的是我。龍太特地來通知我，說我就要死了。」
「等一下，大家冷靜下來。」洋子試著穩定局面。
「我們被詛咒了。大家，都會死！」
對著大聲叫喊的智美，洋子冷靜地問：「你說我們被詛咒了。請問，我們被什麼詛咒了？」
「被……」氣勢被削弱的智美乖乖地閉上嘴巴。
「雅也，你有什麼事瞞著我們吧？」洋子改把矛頭指向了雅也。
「其實今天把大家找來，就是為了講那件事。也罷，就按當初的計畫進行吧。……大家還記得，前年的暑期集訓我們去了遊女淵嗎？」
雅也下定決心把事情說出來，洋子一聽愣住了。

「你是說戰國時代武田家埋寶藏的那個地方？為了封口，還殺了一堆遊女什麼的……咦，你的意思是，我們被她們詛咒了？」

「當時拍到的DVD片子，出現了奇怪的東西。」

「出現幽靈了嗎？」

「類似那樣的東西。」

「可是，之前大家不是還聚在教室舉辦了觀賞會嗎？那個時候，沒看到什麼奇怪的東西啊。」

「之後再看，就發現有些地方怪怪的了。」

「算了，用看的比較快，省得在那裡講半天。」洋子一說，雅也馬上接上DVD播放器的電源，DVD已經放好在裡面了。

「在你們來之前我又看了一遍，沒想到影像又起了變化……」

雅也按下播放鍵，電視螢幕上出現暑期集訓的畫面。

洋子和涼介用力吞了口口水，仔細盯著螢幕。

「討厭，我不想看。」智美大聲說道，站了起來。

「對喔。智美可能不要看會比較好。」

雅也帶她往隔壁的房間去。

留下三人靜靜地、無言地看著暑期集訓的DVD。供奉塔前，哲平的頭消失了。然後，過吊橋的時候，秋男和真由的頭消失了，走在山路上時，龍太的頭也消失了。
洋子和涼介的驚訝，感染了奈央。雖然這已經是她第三次看這支片子了，卻仍忍不住打起了寒顫。三人的臉都逐漸失去了血色。
畫面出現走在蓊鬱山路上的成員們。智美就在照相機的正前方，隊伍的話算是後方。相隔幾步，洋子走在她的前面。
「很晚了。不會有東西出現了啦，我們早點回家吧。」洋子的聲音從電視機裡飄了出來。
這時小心翼翼走著的智美身邊出現了好幾個白影。
「呀！」奈央忍不住驚呼出聲。那是曾經跟著龍太的白影，雅也就是看到了這個，才會要智美回去。智美被什麼附身了。要是讓她看到這個，說不定她會瘋掉。
「這、這、這是什麼呀？這是……」涼介全身抖個不停，洋子則是不發一語。
就在這個時候，走廊那邊傳來有人跑過去的腳步聲，奈央嚇得肩膀整個聳起。不久，大門關上的聲音響起。
發生什麼事了？
三人正面面相覷，雅也走了進來。
「智美走了。」他說。

2

看過DVD的影像後，洋子撥打智美的手機，試圖與她聯絡，但手機沒有人接，直接進入了語音信箱。

「是我，洋子。奈央和雅也講的話，你不要放在心上，那些全是騙人的，你千萬不要做傻事。聽到留言後，打我的手機給我。」留完言後，洋子把電話掛了。

所謂的做傻事，該不會是指自殺吧？奈央忍不住往壞的地方想。暗戀的龍太死掉了，自己又被宣告說就是下一個死者。這要是軟弱的智美，是有可能自殺。

「不需要擔心啦。就算是智美，也不至於那麼糊塗吧。」

似乎是察覺到大家的心思，洋子特意以活潑的語調說道。

「對了，這個片子。」

「洋子你怎麼想？」奈央問。

她想知道，全校第一名的高材生洋子會如何解釋這詭魅的影像。

洋子思考了一下，終於緩緩說道：

「聽了不可以生氣喔。那個，該不會是奈央和雅也聯手的惡作劇吧？」

「拜託……我們兩個，才沒有那麼無聊呢。」

一聽到奈央否認，雅也馬上附和道。

「那麼，是真的囉？」

「我向你保證，那些影像絕對沒有加工。」

「也對。奈央的為人不可能做出那樣的事。……這就傷腦筋了。」

說完後，洋子又陷入了沉思。

「不用想也知道，這是靈異影片。我們被詛咒了。所以，哲平還有龍太他們都死掉了。」就要哭出來的涼介說道。

「別輕易下結論！」

洋子厲聲一喝，讓大家原本已經渙散的精神頓時振作了起來。

「我不認為戰國時代的冤魂真的存在。那都已經是四百年前的恩怨了，怎麼可能留到現在？更何況，如果去到那裡就會被詛咒的話，至今少說也有幾千人被詛咒身亡了。憑什麼只有我們被詛咒？這也太奇怪了。」

「其他人怎樣我是不知道啦。可是，看了這個，唯一合理的解釋就是被詛咒了。」

涼介用發抖的聲音說道，奈央和雅也也持相同意見。若以多數決來決定的話，三比一是奈央這邊獲勝了。

「這世界，就是有那麼湊巧的事。」

沒錯，這世上是有許多巧合，但這次這個絕對不是。奈央是這麼想的。

「算了，我們先把事情的前因後果整理一遍再說。」

神色略顯不安的洋子，語氣依然十分冷靜。

「在這片ＤＶＤ裡，哲平、秋男、真由、龍太的臉都消失了對吧？因為他們四人都死掉了，所以你們就認為死掉的人的臉會消失對吧？」

「沒錯。」雅也說。

「既然如此的話，那玲子呢？如果死掉的人頭會不見的話，那玲子的應該也會不見才對，可是拍到她的影像並沒有任何異常呀。」

真的。奈央這時才注意到，最先死掉的玲子影像並沒有任何變化。

「那是因為拍到玲子的畫面很少的關係。」雅也反駁道。

「真由和智美入鏡的畫面也沒有很多啊，可她們的頭消失了，身旁還出現了白色的影子。這說不通吧？」

洋子說得沒錯，可這並不足以解釋為何ＤＶＤ裡四個人的頭不見了。只有玲子的影像沒有出現變化是有一點矛盾，但這並不是主要的重點。奈央是這麼認為的……

「智美身旁的白色影子是很嚇人沒錯，但也不能光憑這點，就說她被詛咒了。」洋子說。

「之前看的時候，那些影子是跟著龍太的。」雅也補充道。被白影纏上的龍太死掉後，影子跑到了智美那邊。所以，他認為下一個有危險的人會是智美。

「你是說ＤＶＤ的影像出現了變化？」洋子一臉狐疑。

「沒錯。」

「那也太匪夷所思了，我沒親眼看到所以也不好說什麼。有看到的人，應該只有奈央和雅也吧？」

「是的。」雅也說，奈央點頭。

「龍太被白影跟著的影像，你們看到幾次？」

「我看到一次。」奈央回答。那種東西她根本不想多看。

「我看到兩次。」雅也答。

「真的有兩次嗎？確定？我是說龍太被白影跟著的影像喔。」

洋子又問了一次。「是兩次沒錯。」如此回答的雅也好像突然想起了什麼，略偏著頭。

「一次。龍太被白影跟著的影像，我只看到一次。就跟奈央一起看的那次。」

「你保證，絕對不可能看錯？」洋子特意強調「絕對」兩個字。

「也不能說絕對不可能啦……」奈央支吾其詞。人的記憶是很曖昧的，她沒辦法百分之百肯定絕對沒有看錯。

「奈央和雅也，是在看到哲平幾人的臉消失了、心情大受影響的情況下，繼續把片子看下去的。在那樣的情況下，難保不會眼花。在那之後，你們就沒有再確認過了，對吧？」

「嗯……」奈央點頭。影像可能產生了變化，這時為了確認，應該要再看一遍的。

「奈央你們之前看到的影像，跟今天看到的應該是一樣的。那時龍太的臉就已經消失了，智美的身邊也出現了白色的影子。你不覺得是那樣嗎？」

我不覺得，奈央心想，卻拿不出自信予以反駁。一開始看這片子時，是在哲平、秋男、真由相繼死亡之後，當時自己的情緒不是很穩定。考慮到精神狀態，是有可能看錯。

「如果只是一個人看錯的話，洋子的說法或許說得通，但有可能兩個人同時看錯嗎？」雅也說。

「是錯覺。在精神不穩定的情況下，有可能兩人一起產生了幻覺。幻想或幻覺是會傳染的。」

「不，還是有問題。之前看的時候，那些白影是跟著龍太的，所以我才會擔心地叫雅也趕緊打電話。只是電話沒有人接……」

雅也用力點了個頭。

「龍太也說，雅也曾經打電話給他，他沒接到。」涼介說。

當時，要是有聯絡上，也許就可以預先向龍太示警。也許，龍太就不會死？現在想這些都是多餘的，但奈央還是忍不住去想。

「一開始，智美的影像是怎麼樣的？」洋子把話題拉了回來。

「完全沒有異狀。」雅也回答。

「綜合奈央和雅也的意見，你們的意思是那白影是死神的化身，被它纏上的人都會死是吧？」

這樣一本正經地講出來，連他們自己都覺得像是少年漫畫的題材般荒誕無稽。

「龍太和智美做的夢要怎麼解釋？」涼介問。

「那只是夢。好朋友去世了，做夢會夢到很正常吧？」

洋子解釋道，但涼介不是很滿意她的說法。

「可是，龍太也好、智美也罷，都做了相同的夢。這也太奇怪了吧？」

「那就好比集體催眠吧。一開始秋男和真由不是說夢到死去的哲平了嗎？聽到那些話的龍太和智美，潛移默化中也做了相同的夢。」

洋子說得條理分明、頭頭是道，但涼介還是無法接受的樣子。

「智美甚至還記得龍太跟她講說：『下一個就輪到你了』，那有可能是夢嗎？」

「她那叫日有所思，夜有所夢。」洋子言之鑿鑿。

奈央想起跟哲平講的最後那通電話，電話裡他說他「看到玲子了」。那句話的意思應該是指他見到死去的玲子了吧？也就是說，跟秋男還有真由他們一樣，死去的哲平四人，都在夢裡見到了比自己早一步去世的友人。

「DVD影像裡的頭消失了，還出現了白影，又該怎麼解釋？光這兩點就夠詭異了吧？」雅也問道。

「的確，那畫面是挺恐怖的。不過，那不應該由我們這些門外漢來判斷，應該請教專家才是。」

「專家，你是指誰？」

「奈央在大學裡學的不就是影視攝影嗎？」

「嗯……」

「那好，肯定有人可以解釋為什麼這樣的現象會發生吧？」

奈央就讀的大學裡是有一堆影視攝影的專家，但也不保證他們很了解這種現象，靈異影片屬於另一種層面好嗎！

「請你去請教一下那些專家吧。」洋子說。

「好吧。我找看看有沒有人熟悉靈異現象的。」

「順便問一下，影像會產生變化嗎？」雅也叮囑道。

奈央答說：「我曉得。」

出現奇怪現象的不光是她錄製的ＤＶＤ。舉辦觀賞會的時候，明明沒有問題的。可是現在不但人臉不見了，還出現了白色影子。然而，這一切真的找得到合理的解釋嗎？奈央的心裡覺得不是很樂觀。

3

回到外婆家的奈央，打電話到東明藝術大學。學校已經放暑假了，不過，還有幾個學生留下來拍短片，所以負責指導的導演應該也在才對。

「東明藝術大學，您好。」電話只響了幾聲，女職員就來接了。

「您好，我是影像學系二年級的水野。請問松谷導演在嗎？」

她打算請教兼任講師的電影導演松谷武史。他是現役導演，也曾拍過恐怖電影，是商量這種事的最佳人選。

「請稍等一下。」

職員說道，叫她等一下。松谷導演應該有來吧？要是他不在的話，可能要問一下要怎樣才能聯絡到他——

「喂，我是松谷……」電話那頭傳來頗為低沉的聲音。

「老師，我是電影科二年級的水野。」

「哦，有事嗎？要找我約會喔？」

中年大叔習慣講的冷笑話，不知為什麼今天聽起來挺親切的。

「不好意思，是別的事。」

「哎喲，真沒情調。」

「我有事情想要請教老師您。」奈央鄭重地說道。

松谷一聽，「哦，用功的好學生水野，利用暑假拍了獨立電影了？」開玩笑地說道。

「呃，其實是……」實在很難開口要跟他談靈異影像。

正猶豫間，松谷主動問道：

「怎麼了？遇到什麼麻煩了？」

「不，也不是什麼麻煩……」她撒謊，其實是天大的麻煩。

「嗯？」松谷的聲音很溫柔。

「我朋友來找我商量，說他拍攝的影像出現了奇怪的東西。」

「奇怪的東西？」大概沒想到會是這樣的問題，松谷的聲音提高了。

「嗯，正確的說，是有關於拍到的東西，和沒拍到的東西……先說，沒拍到的……」

奈央急著解釋。

「等一下啦。」松谷打斷她。

「你要說的，該不會是靈異影像吧？」

看樣子以前曾經有人找他諮詢過，松谷一下子就抓到了重點。

「不好意思，為了這點小事麻煩你。是靈異影像沒錯。」奈央直接承認，不再拐彎抹角。

「水野喜歡的導演，是費里尼對吧？」

松谷竟然知道奈央喜歡哪位導演，真叫人意外。國中二年級的暑假，奈央在電視上看到費德里柯・費里尼（Federico Felline）執導的《大路》（La Strada）後深受感動，從此便立志要成為電影導演。這件事她並沒有刻意隱瞞，但也只對交情好的朋友說過。松谷是怎麼知道的？也許世人眼中始終跟學生保持一定距離的松谷，比奈央以為的更關心學生。

「雖說電影《勾魂攝魄》（Spirits of the Dead）裡的其中一個短篇，〈該死的托比〉（Toby Dommit）是費里尼執導的，但人家他可不是恐怖電影的導演喔。」

《勾魂攝魄》奈央也曾看過。影片取材自愛倫坡的短篇小說，由三位導演共同合作完成。說它是恐怖電影嘛，其實它比較偏向靈異奇幻那一類。其中，出現在費里尼執導的〈該死的托比〉裡的小女孩，詭魅之至，簡直就是惡魔的化身。

「記得你曾說過，你想拍的是人世間的悲歡離合，這次的劇本也做了那樣的嘗試。怎麼突然把方向改成恐怖電影了？」

他以為奈央改變了作品的方向性，頗為擔心的樣子。

「跟我拍的電影無關啦。」奈央矢口否認。

「真的？」

「到現在我最喜歡的導演還是費里尼，不是達里奧・阿基多（Dario Argento）。」

「《陰風陣陣》（Suspiria）也是部不錯的電影呀。」松谷反應很快。

聞言，奈央忍不住笑了出來。已經好久沒跟人聊電影了，能有人可以交換心得真是太好了。

「說正經的，是怎樣的影像？」

也不知道松谷聽不聽得懂，反正奈央就是把因為意外而死的友人的臉，從ＤＶＤ影像中消失的事說了出來。

聽她講完後，約停頓了幾秒，松谷問道：

「你說臉消失的時間大概有多久？」

「大概十秒到二十秒之間。」

「拍攝的地點是在海邊還是山上？」

這跟那有什麼關係嗎？一邊這樣想，奈央一邊回答：「山上。」

「季節呢？」

「夏天。」

「時間呢？」

「傍晚。不過，當時天還是亮的。」

「哈哈哈……」

「怎麼了嗎？」

「果然拍攝的人是水野啊。」

「咦？」奈央驚呼出聲。

「拍攝那段影像的人，就是水野你吧？」

「是，沒錯。可是，您怎麼會知道？」

「拍攝的地點、季節、時間都知道。除非人就在現場，否則怎麼可能那麼清楚。」

「喔……」在松谷的誘導詢問之下，奈央馬上就穿幫了。

「那些影像，水野你似乎認為是靈異現象，但我覺得還言之過早。」

「是這樣嗎？」

「地點在山上，季節是夏天對吧？」

「是的。」

「附近有溪流或是瀑布嗎？」

「附近有溪流。上游就有一個瀑布。」奈央馬上答道。

「那就對了。有瀑布的話，代表濕氣很重。樹木的葉子或草上都會濺到水滴，經由陽光一反射，很容易就會產生奇怪的現象。」

「您的意思是，因為那樣，人的頭才消失的？」

「除此之外，也有可能是因為頭那邊的光線太暗才沒拍到。根據研究靈異現象的學者的說法，該拍到的東西沒有拍到，不算是靈異現象，真正的靈異現象應該是拍到不該拍到的東西。所以，你別把事情想得太嚴重了。」

說到這裡，松谷想說應該可以掛電話了，沒想到奈央補了一句：

「不瞞你說，確實有拍到某些東西。」

「咦？」

「拍到了很奇怪的東西。」

奈央把圍繞在智美身邊的白影說了出來。

「心靈現象的大匯演是吧？也是在同樣的地點拍到的嗎？」

「沒錯。」

「是哪個地方？」松谷似乎有點生氣地問道。

「山梨縣的遊女淵。」

「那個地方我知道，著名的靈異場所，聽說有不少怪事。」

「對不起，找您問這種事……」

即使電話裡對方看不到，奈央還是行了個禮。

「這種事光用講的，實在很難判定……」

「一開始拍攝的時候完全沒有問題，可經過了一年多以後重新再看，就變得怪怪的了。這也有辦法解釋嗎？」

「傷腦筋耶。瞧你說成那樣，好像是真的。」

是真的……奈央心頭一驚，看來真的是靈異現象。

「我想看一下那個片子。你拷貝一份寄給我吧。」

「可以嗎？」

「水野你會打這通電話過來，表示事情真的很嚴重，對吧？不管怎麼樣，先讓我看了再說。」

「多謝。」奈央誠懇地道謝。

「我不是什麼靈異影片的專家，別抱太大的期望喔。」

「真的很感謝您。」

奈央跟導演說好會馬上拷貝一份寄到學校給他，便把電話掛了。

哲平幾人的臉消失了，也許是樹葉反射太陽光造成的。但圍繞著智美的白影，還有ＤＶＤ的影像為什麼會產生變化的問題，依舊無解。不管怎麼樣，先拷貝一份給松谷導演看了再說，說不定他會有辦法解釋。

奈央打電話給雅也，跟他說松谷導演的意見。

「連影像專家，也無法解釋嗎？」雅也憂心忡忡地說道。

「那片ＤＶＤ，可以拷貝一份給我嗎？」

「要給導演看是吧？我馬上弄，好了給你電話。」

雅也如此說道，把電話掛了。

奈央大大地嘆了口氣，整個人癱在榻榻米上。該怎麼辦才好？ＤＶＤ的影像可怕是可怕，但還有更棘手的問題。如果他們真的是被詛咒的話，那，原因是什麼？難道他們一開始就不該去遊女淵嗎？可是，也不至於受到這麼嚴重的懲罰吧？雖說那裡不是很有名，但好歹也是個靈異場所。就像洋子所說的，如果去到那裡就會被詛咒的話，那一年少說也有幾十個人會被詛咒。要是真的發生了那種事，肯定會被傳得沸沸揚揚。就這點來看，似乎被詛咒的只有奈央他們。既然如此的話，為何只有我們被詛咒？怎麼想就是想不明白。謎團依舊是謎團，到頭來還是無解。

雅也遲遲不打電話過來。只是拷貝一片ＤＶＤ，幾分鐘就可以搞定的事，有必要拖到兩個小時嗎？不知發生了什麼事？她有不好的預感。其實如果真的急的話，自己打電話去問不就得了？可她卻不想。就在她猶豫著該怎麼辦時，電話終於打來了。

「拷貝好了嗎？」奈央劈頭就問。

「那個……」雅也欲言又止。

「怎麼了？」

「我用我的電腦拷貝，試了幾次都失敗了。」

「咦？」

「我想是我的電腦壞了，就跑去借朋友的電腦，沒想到還是不行。」

「怎麼會這樣？」

「我也不知道。也許，真的有什麼問題。」

這下不但沒有破解奇異的現象，反而更陷入謎團之中。

4

洋子回到家後，又打了好幾通電話給智美。可是，電話一直沒有人接，直接進入了語音信箱。

沒事吧？她忍不住往最壞的地方想。奈央和雅也給她看的恐怖影像是很叫人害怕，可是她現在最擔心的是智美。雖然她跟大家講說她不可能去自殺，可其實那是騙人的。智美很有可能會自殺。她從國中的時候就認識她了，智美在精神上還滿脆弱的。今天如果再聯絡不上她，明天她就親自跑一趟。

洋子的手機響了。是智美打來的吧？她滿懷期待地看向螢幕上的來電顯示，上面寫著「水野奈央」。

「喂……」洋子意興闌珊地接起電話。

「跟智美聯絡上了嗎？」電話那頭的奈央問。

「還沒。我已經打了好幾通了，都沒有人接。」

「真令人擔心。」奈央的聲音悶悶的。

「ＤＶＤ的事，你有去請教懂影像的專家了？」

「嗯……對方說哲平他們的頭消失了，未必是什麼靈異現象。」

聽到這個，洋子稍感安心了點。

「原因是什麼？」

「目前還無法斷定，可能是溪流或瀑布的水濺到樹葉或草叢上頭，引起光線反射什麼的。他還說了，該拍到的東西沒有拍到，算不上是靈異現象。」

奈央把從松谷導演那邊聽來的，抓重點轉述給洋子聽。

「那他對圍繞著智美的白影又作何解釋？」

「他說要看了片子才知道。所以，我才想說要拷貝一份給他送去……」奈央話說到一半。

「怎麼了？」

「沒辦法拷貝。我有請雅也幫忙，可他說電腦一直存取失敗……」奈央似乎頗為困擾。

「該不會是電腦壞了吧？」

「他也有借朋友的電腦來試，可就是無法拷貝。」

是那台電腦也壞了吧？還是光碟受損，電腦拒絕存取，所以才不能拷貝？不過，真的是這樣嗎？還是，還有其他的原因？無法用常理去推斷的原因……隱藏在洋子心中小小的不安正逐漸擴大。

「看來真的有問題。」奈央的語氣很認真。或多或少也這麼想的洋子，嘴巴卻不承認。

「你的意思是DVD被詛咒了？」

「……DVD的影像都產生變化了呀。」

「可是，你沒辦法證明吧？」

「話是沒錯啦……」奈央的聲音透著不滿。

「你就是要告訴我這個，特地打電話來？」

洋子頗不耐煩。也許跟奈央講話的當下，智美的電話就進來了。其實她有設來電捕手，大可不必那麼慌張，可是她的情緒就是很煩躁。

「接下來要怎麼辦？」奈央小小聲地問道。

「既然沒辦法拷貝，就拿雅也手上的那片給他看吧。」洋子語氣強硬地說。

「是喔，也對。那我把那片DVD給他寄去。」

「先別寄。」洋子阻止道。雖然她不相信靈異現象什麼的，可是DVD要是給別人，不小心搞丟了，那就糟糕了。

「寄之前，我們自己再檢查一遍。」

「知道了。」奈央說，將電話掛了。

到了晚上，智美依舊沒打電話過來。深夜十二點過後，洋子決定改變作戰計畫。她說破了嘴，智美也不會接電話的，像她那種膽小怕事的人，對付她最好的辦法就是用威脅的。於是洋子打電話給智美。一等電話轉進語音信箱，她馬上叫道：

「智美，趕緊接電話！我知道你人就在旁邊。你敢不接，我就跟你絕交。以後有什麼事，你自己看著辦吧！」

正打算把電話掛了的時候，「喂……」智美的聲音在電話那頭響起。

太好了，作戰成功。

「幹嘛不接電話？」洋子很火大。

「對不起啦。我正在忙……」

「哼，算了。」

聽到智美的聲音，洋子總算鬆了口氣。她有信心，只要能講上話，就算智美再怎麼沮喪，她都有辦法勸她不要自殺。

「智美，你聽清楚。同樣的話我在電話留言裡也講過了，什麼詛咒什麼的全是騙人的。因為倒楣的事一樁接一樁發生，奈央他們的腦袋都變得有點秀逗了。所謂疑心生暗鬼。現在都什麼時代了，怎麼可能有人會因為詛咒而死掉呢。」洋子連珠炮似的講著。

「那是真的。哲平、秋男、真由、龍太他們，都是被詛咒才死的……」

「啊，你已經完全被洗腦了。」洋子以嘲弄的語氣說道。看樣子智美一直在鑽牛角尖，這下可難辨了。
「DVD的影像，智美你沒看吧？」
「嗯……」
「我看了。那只是被水濺濕的草反射夕陽，造成身體的某部分反白罷了。是奈央少見多怪，大驚小怪。」
「是嗎……？」智美的聲音輕到快要聽不到了。
「龍太的死我也很遺憾。你跟他交往過，對吧？」
她明知道龍太跟智美只是朋友，除此之外什麼都不是，會這麼問，純粹只是為了轉移話題。
喀吱喀吱喀吱……好像有什麼在抓耙的聲音。
「智美？」
「幹嘛……」
喀吱喀吱喀吱……那聲音刺耳到教人討厭，洋子全身泛起了雞皮疙瘩。
「那是什麼聲音？」
「什麼什麼聲音？」智美反問。難道她沒有聽到那個聲音嗎……？
洋子把手機拿離耳朵，仔細聆聽周圍的聲音。電視、收音機、音響都沒有開，那令人討厭的聲音明明是從電話裡傳出來的。

「智美你沒聽到嗎？那個聲音？」

「我只聽到洋子的聲音。」智美答道。

真的嗎？智美真的沒有聽到好像什麼東西在抓耙的刺耳聲音嗎？

「洋子，你怎麼了？」智美用毫無起伏的聲音問道。怎麼回事？怎麼現在跟她講電話的人好像不是智美，而是別人。可是明明就是智美呀……

喀吱喀吱喀吱……又聽到了。是智美在抓耙著什麼東西吧？

「你真的沒有聽到？」洋子又問了一次。

「沒有聽到啊。」智美回答。簡直是雞同鴨講、對牛彈琴。

洋子豎起耳朵。

喀吱喀吱喀吱……那聲音果然是從電話那頭傳來的。

「就是你搞的鬼。你別鬧了！」洋子說到最後真的生氣了。

「不是我啦。」智美矢口否認。

「人家擔心你，特地打電話過來。真是的！」

「都說不是我了。」

「不是你，會是誰！」

不知不覺中，洋子失去了冷靜。

「從頭到尾都是洋子你一個人在吵欸。」說完後，智美竟然呵呵地笑了。

「我說，你有認真在聽嗎？」

「我在聽呀。」

洋子感覺自己被戲弄了。全校第一名的資優生的我，竟然會被智美這個吊車尾的給戲弄。

喀吱喀吱喀吱……好像什麼在抓耙的聲音一直持續著。

「看來你精神不錯，那我要掛電話囉。」洋子正準備把電話掛了，卻在這個時候——

「喂，洋子。」智美語帶哀傷地叫住她。

「幹嘛啦！」

「下一個就是你了。」

「我什麼？」

「沒什麼。呵呵呵……」智美又笑了。

被耍了。洋子氣得撂下狠話：「算我拜託你，千萬別跑去自殺喔。」說完便把電話掛了。傻瓜才為她擔心呢。智美好得很，好到可以拿洋子開玩笑。

5

今早奈央接到雅也的電話，約她到長岡車站前的咖啡廳一敘。那家歷史悠久的咖啡店一杯咖啡要價五百圓。最近一堆家庭餐廳只要付個三百五十圓，就可以咖啡、紅茶、果汁任你喝到飽。花五百圓只能喝一杯咖啡，未免太傷本了。不過，看完走小木屋風的店內環境後，奈央就可以理解雅也為什麼會選這裡了。桌子和桌子之間隔得挺遠的，作為背景的古典樂開得頗大聲。在這裡的話，就算講再離奇的事，也不怕被別人聽去。奈央先到，不久雅也也一臉悵然地走了進來。

「ＤＶＤ沒辦法拷貝是吧？」奈央一見面就問。

「之後，我還去了好幾個人的家，跟他們借電腦來拷貝，結果都不行。」

有時候無法拷貝，可能是ＤＶＤ本身受損之類的問題，可奈央直覺到這也是怪異現象之一。

「昨天，我向對靈異現象有研究的朋友，問了遊女淵詛咒的事。」

「你跟他說了ＤＶＤ的事了？」

「那個我沒說。我只跟他說我有朋友去過那裡後就出事死掉了。」

這不算說謊，只是那個朋友不知道死掉的竟然有五個那麼多吧。

「據我那個朋友說，遊女淵似乎是個很不祥的地方。」

事到如今，根本不用他說，他們都有很深刻的體會。

「聽說去到那裡的車子，在回程的時候很多都出了車禍。」

「那不能全怪詛咒吧？」奈央提出質疑。

「奈央你怎麼想？」喝著送上來的咖啡，稍微休息一下後，雅也問道。

「詳細情形我不清楚，不過，那附近車流量少，大家應該都開得很快吧？所以車禍多是很正常的。」

「我也是這麼認為。再加上，會去探險的，大概都是像我們這樣的年輕人。三更半夜的，駕駛技術又不是很純熟。可以說造成車禍的條件全湊齊了。」

「話雖如此，我還是覺得那裡很可怕。也許我這樣講很矛盾，但我就是覺得那個地方怪怪的。」

「這點我也贊同。雖然大部分的車禍是因為駕駛不當，但其中有幾件應該是詛咒造成的。所以，那附近的車禍才會特別的多。」

「對了，洋子昨天講的話，你怎麼想？」

「我深感佩服，洋子不愧是理論派的。不過，我感覺她只是在強詞奪理。而且，她好像把重點擺在了DVD的奇怪現象上，我卻認為比起那個，智美他們做的夢更重要。」

奈央也很在意那個部分。

「洋子說那只是夢，根本不當一回事，可我卻覺得那是真的，不是夢。都被鬼壓床，而且他們講的話都一樣，死者現身，把某個訊息傳達給他們。」

「智美說了，她有聽到龍太講說下一個就輪到她了。」

「也就是說，死去的人是為了點名下一個死者才現身的。」

一時間很難接受這樣的說法，可是綜合智美等人講的話，確實是如此沒錯。

「洋子說那已經是四百年前的恩怨了，怎麼可能留到現在？其實不然。我上網去查了，遊女淵的詛咒已經演變成都市傳說了。」

「所謂的都市傳說，不都只是無稽之談嗎？」奈央說。

「俗話說得好，無風不起浪。像『廁所的花子』、『裂嘴女』這些傳說，一開始也是有憑有據的。更何況，以我們現在的處境，也沒資格把它當作無稽之談吧？」

「是喔，也對。」

「而且我還查到，去過靈異場所後碰到倒楣事，那不叫被詛咒，而是被報復了。」

「那有什麼差別？我不是很懂。」

「被報復就是報應的意思。比方說，擅自闖入不可進入的神聖場所，破壞神社、寺廟什麼的，做出不應該的行為而受到神明的懲罰，就叫做報應。這個只要小心一點，就可以避免。」

「你是說因為我們跑去遊女淵，所以被神明懲罰、報復了？」

「如果是那樣的話，事情還好辦一點，可是情形好像不是那樣。被神明懲罰、報復，情節多少會有點差，但也不至於那麼嚴重，有必要奪走我們的生命嗎？如果我們真的被報復了，頂多就是生病或受傷吧。」

「已經死了五個人了，所以不是報應。那會是……」

「是詛咒。因為牽扯到深仇大恨，所以手段十分激烈。它就好比巡弋飛彈，會追著敵人到處跑，不達目的誓不罷休。我們應該是這樣的情形。」

「你是說我們被四百年前的遊女給怨恨了？」奈央問。

如果真是那樣的話，那也太不合情理了。只是跑去靈異場所，就要被毫無瓜葛的遊女給怨恨、給殺掉，這根本說不過去嘛。

「詛咒我們的，並非遊女本身。都市傳說中有提到，好像有什麼儀式可以喚醒遊女的怨念，使詛咒生效。如果把詛咒比喻為巡弋飛彈，那麼肯定有人盜用了它，使其發射。」

「咦？」奈央驚呼一聲後略偏著頭。

「可是，我覺得那樣講不是很合理。如果是導彈的話，是有可能像動作片一樣，被人搶過來發射。可是利用四百年前遊女的怨恨啟動詛咒什麼的，實在是太荒謬了。」

「我也覺得很荒謬，可現在只能死馬當活馬醫了。反正求證一下又不會少一塊肉。」

「話是沒錯……」奈央點頭。被四百年前的遊女給詛咒是很荒謬，但如果是被現代的某人給怨恨、給詛咒的話，那事情可能就更難解決了。

「剛才說到喚醒怨念、使詛咒生效的儀式，據說必須在遊女淵的下游，把想要加害對象的親筆簽名以及他的頭髮放水流。如此一來，遊女的冤魂便會甦醒，將他帶往另一個世界。」

這跟先前網路上很流行的一人捉迷藏什麼的，似乎是如出一轍。

「喂，你覺得我們兩個也被詛咒了嗎？」奈央把一直以來的擔心說了出來。

「我當然希望事情只到龍太為止……但如果同好會的成員一個接一個死去的話，那麼遲早會輪到我們。」

奈央的心臟瞬間跳得好快，所以朋友的死不是別人家的事。

「從這裡坐公車過去大概十分鐘，就是我們學校的圖書館。那邊有關這方面的書好像還滿多的，你要不要跟我一起去看看？」

「你是說有關都市傳說的書嗎？」奈央眼睛瞪大地說道。

「那叫民俗學啦。我們學校有個很有名的教授是個怪咖，專門研究妖怪或詛咒什麼的。所以，這方面的資料特別多。」

「好啊。一起去吧。」

奈央離開座位。兩人咖啡都沒有喝完，便離開了咖啡店。

下了車的奈央和雅也，走在長岡文化大學的校園內。這裡腹地廣大、綠樹多，校舍又新又美。然而，奈央根本無暇欣賞這些，跟著雅也直接進到了圖書館內。奈央最喜歡圖書館的悠閒寧靜了。雖然她不是特別喜歡看書，但只要被書包圍著就會覺得很放鬆。由於已經放暑假了，裡面沒什麼人，只剩小貓兩三隻。但整體而言，氣氛挺不錯的。

雅也在前面帶路，兩人來到民俗學專區。標題寫著妖怪、民間傳說、怨念、冤魂的書一字排開。大學的圖書館裡有這麼多妖怪的書，似乎有點奇怪，然而這就是日本文化。

奈央和雅也尋找著跟遊女淵有關的書。講妖怪和民間傳說的書比比皆是，但講靈異現象的卻少之又少。他們挑了《日本靈界地圖》（竹書房）、《日本冤魂紀行》（英知出版）、《日本一百個恐怖的靈異場所》（二見書房）、《日本詛怨地圖》（彩圖社）等幾本書，搬到位子上坐下來讀。一打開書，看到的盡是「亡魂」、「怨念」、「靈界」等不祥字眼，有些還附上可怕的插圖或照片。

戰國時代，武田信玄治下的甲斐國（現在的山梨縣），是日本少數幾個產金的地方，遊女淵所在的綠川山便是其中一座金山。為了開採金礦，他們召集許多工人來到人煙稀少的礦山，還因此形成了一個小村落。此外，為了照顧礦工的需求，他們還送了幾個遊女進去。只可惜，礦山的繁榮並不長久。

信玄死後，由其子勝賴繼承家業，武田家便開始走下坡，之後更受到德川軍的侵略。擔心敵人會把金山奪走的勝賴把礦山封了，開始虐殺知道礦山位置的人。知道秘密的八名遊女躲到了山裡面，卻在橋上被發現了。被逼到橋中央無路可逃的遊女，不是被砍殺了，就是跳下橋摔死了。

如今，為了鎮住遊女的冤魂，此處設有供奉塔，不過，原因不明的交通事故還是經常發生。此外，從橋上跳下來自殺的人也不少。據說他們是被慘遭殺害的遊女給詛咒了。

跟遊女淵有關的書是有幾本，但內容大概都跟上面所寫的差不多。其中還有一本提到了，從橋上跳下來、勉強保住一命的某位遊女的悲劇。

九死一生的遊女負著瀕死的重傷，倉皇地往下游的村落逃去。她挨家挨戶地敲門，呼喊著「救我……」可是，村民知道武田家正在獵殺遊女，都因懼怕武田家的威勢，沒有人敢開門救她。這期間，遊女拚命地抓耙著門，抓到十根手指的指甲都斷了。隔天早上，遊女已然倒臥路旁，氣絕身亡。村子裡家家戶戶的門上，全是遊女用斷了指甲、流著鮮血的手指給抓耙過的痕跡。

「真可憐……」奈央忍不住說道。

「不要同情她。小心鬼會趁虛而入喔。」雅也小聲地說。

「好像沒看到喚醒怨念的方法欸。」

「那個，是最近才傳開的。」

雅也離開座位，把書放回書架上，就在這時，奈央感覺到背後有一股視線。有人正在看她，可是猛一回頭卻沒有人。是她多心嗎？但她確實感覺到一股視線……奈央小心翼翼地戒備著，正好雅也走了回來。

「怎麼了？一臉驚恐的樣子？」

「我感覺，有人正在看我。」

「是嗎？」

雅也環顧圖書館內，並沒有發現可疑的人物。

「沒人在看你呀。」

「是喔。大概是我太緊張了。」

就在奈央他們正準備離開圖書館的時候，某人從背後追了上來。

「請問，你們是不是在調查遊女淵？」那人叫住了奈央。

奈央回頭一看，站在她面前的是一位年約五十歲的中年大叔，一頭亂髮，鬍子沒刮，還穿著皺巴巴的襯衫。在圖書館內盯著她看的就是他，奈央憑直覺知道。

6

「您是八木教授吧？」雅也出聲問道。

此刻站在奈央面前、乍看之下好像流浪漢的男子，正是民俗學的教授八木一樹。看樣子他跟一般的學者一樣，不是很注重外表。這間圖書館裡有關妖魔鬼怪的書會特別多，也是因為有這位教授在的關係。

「方便到我的研究室，我們坐下來聊一聊嗎？」八木十分客氣地問道。

「這……」瞧這教授怪裡怪氣的，奈央有點猶豫。

「既然如此，那我們就恭敬不如從命了。」雅也露出討好的笑容應道。難不成，他一開始就打算找這教授聊嗎？

「請問，您怎麼知道我們在調查遊女淵的事？」

前往研究室的途中，奈央問。

「圖書館裡面很安靜。就算話講得再小聲，還是聽得到。」

所以，他們講的話他全聽見了？奈央對這種突然把人叫住，請人家到研究室去坐的教授有點害怕。她用手肘頂了下雅也，做出「你有什麼打算？」的嘴形。她不敢出聲，怕八木這個順風耳聽見，沒想到遲鈍的雅也竟然還反問她：「怎麼了？」

「沒什麼。」奈央洩氣地回答。

狹小的研究室堆滿了書，窗戶都快要打不開了。照不到陽光的室內陰暗潮濕，灰塵又多，憑良心講，一點也不舒服。教授端出麥茶請他們喝，可是杯子太髒了，奈央碰都不敢碰一下。卻看一旁的雅也，面不改色地三兩下就喝光了。他的好氣魄，讓奈央好生羨慕。

「我曾做過那方面的研究。所以，看到你們在找的書，我精神都來了。我仔細聽了一下，隱約聽到遊女淵什麼的。這個我一直想找人聊，只是苦無機會。」

奈央露出苦笑。不管八木再怎麼優秀，她都不會選他的課。

「教授你認為這世上真的有詛咒嗎？」

「你是我們學校的學生吧？雖然不知道你念哪個系，在校園裡倒是經常看見。」

「我是文學系的香坂。」雅也答道，只見八木反而看向奈央，問說：「那你呢？」

「我是他的朋友，敝姓水野。」奈央輕輕點了下頭。

「難不成是你們被詛咒了？」

心臟猛跳了一下，他該不會是看到什麼了吧？

「教授您有陰陽眼嗎？您是不是看到了什麼？」奈央聲音顫抖地問道。

「沒那回事，我瞎猜的。」八木笑容可掬地說道，可他的眼睛沒笑。看樣子他的笑並不是發自內心，而是假笑、裝笑，這是為了卸下對方的心防而使出的一種手段。

「你叫住我們，只是想找人聊天嗎？」

面對雅也的提問，教授坦承不諱：「我很缺談話的對象。」

「教授您認為，遊女淵的詛咒真的存在嗎？」

雅也又問了一遍，可八木根本不理他，只顧盯著奈央看，他好像挺喜歡奈央的。

「水野同學，剛剛在圖書館有感覺到我在看你，對吧？」

「嗯……我感覺好像被誰盯上了。只是我不知道那個人就是教授您。」

「詛咒也是一樣的。」

把視線轉向耐心等候答案的雅也，八木如此說道。

「被盯上和被詛咒是一樣的？」雅也不解地偏著頭。

「您可不可以說清楚一點？」

「拜託了。」雅也懇求道。

「好的。首先，先講圖書館裡的事，水野同學感覺到好像被誰盯上了。」

「是的。」奈央點頭。

「那是對我的注視所引起的一種反應。注視這個行為，是要花力氣的，也就是所謂的能量。同樣的，怨恨人或是詛咒人，也是需要能量的。」

或許吧。光是憎惡或悔恨就夠累人的了。

「只是相較於注視這樣的行為，詛咒或怨恨所用的能量是無可比擬的千百倍。不是有句俗話說『害人終害己』嗎？」

「意思是你詛咒別人把人家害死了，到最後你自己也會死。你在挖別人墳墓的時候，其實也在挖自己的墳墓……」雅也馬上接著說下去。

「沒錯。這個如果用能量的角度去想就容易多了。詛咒需要的能量非常強大，所以被詛咒者會因為那個能量而被奪走活下去的力量。然而，施咒的人也會因為消耗太多的能量，而逐漸失去生命力而走向滅亡。」

這個房間裡要是有黑板的話，八木怕是要開始上課了。

「你們聽說過『番町皿屋敷[2]』這宗怪談吧？」

奈央和雅也面面相覷。那個跟遊女淵的詛咒有什麼關係？

「以前，我曾在電視上看過。因為把主人家珍藏的盤子打破，下女被殺了變成冤魂來索命的故事，對吧？」奈央說。

「沒錯。番町皿屋敷的故事有各種版本，你說的是一般常聽到的那種。下女把盤子打破、然後被殺。枉死的女鬼從井裡跑了出來，一個、兩個、三個……地數著盤子，喃喃自語著：『還少了一個。』屋敷的所在地就在東京都千代田區的番町，番町皿屋敷的名稱便是這樣來的。其實有另外一種說法，說最早應該叫更屋敷[3]才對，也就是中間那個 sara，應該寫作更地的更，而不是食器的皿。」

2. 屋敷：日文「屋敷」即宅院、宅邸的意思。
3. 更屋敷：日文「皿」、「更」二字都發音 sara；「更地」指的是空地、荒地。

「有這種事？」奈央還是第一次聽到。

「屋敷的所在地，後來不是蓋了電視台嗎？聽說地下的倉庫經常鬧鬼什麼的。」

那個傳言奈央也曾聽過，不過，因為沒興趣也就不太有印象。

「為什麼 sara 屋敷的 sara，不是食器的皿，而是更地的更呢？」雅也主動問道。他也想早點進入正題，可是看樣子不讓他把這個典故講完，他是不會罷休的。話說回來了，八木為何提到番町皿屋敷的故事呢？

「江戶幕府初期，皿屋敷的所在地原是德川秀中的女兒，嫁給豐臣秀賴的千姬晚年養老居住的地方。據說當時，千姬的精神已經不太正常了……」

歷史我不是很熟，但千姬的處境可想而知。經過大阪之役冬、夏兩次的會戰，千姬的祖父德川家康和丈夫秀賴已然成為世仇。這在戰國時代不算什麼，可夾在中間的她應該很為難吧。不像現在，還有心理治療師可以諮商什麼的，她會發瘋也是意料中的事。看到奈央認真地聽講，八木一臉滿足地繼續說下去。

「據說精神不正常的千姬，夜夜都召男人到自己的宅邸，跟他們上床。等辦完事後，再把他們殺了，丟到井裡面。」

「那不是浪曲『吉田御殿』的故事嗎？我聽說那並非史實，而是後人杜撰的。」對歷史很熟的雅也反駁道。

「不是說無風不起浪嗎？都江戶時代的事了，實際上情況為何已無從追究。不過，千姬會招來那樣的流言也不奇怪。我們先假設確有其事好了，這樣故事才有辦法說下去。」

八木堅持要把故事講完。

「千姬去世之後，房子被拆掉了，變成了更地，於是便開始謠傳被她殺死的男人變成鬼出來作怪什麼的。因為是更地鬧鬼，所以故事就取名為更屋敷。時過境遷，有個名叫青山播磨的在上面蓋了房子，所謂舊瓶裝新酒，把原本的事件加以改寫，這才有了番町皿屋敷的故事。不過，那都已經是三、四百年前的事了，到底哪些是真的，哪些是假的，哪些是後人杜撰的，已不得而知。沒想到詛咒還會自行演化，是不是挺有趣的？」

「呃……」奈央的臉色不太好看。

搞半天，八木只是想說這個？大學放暑假，沒學生聽他講課，他太閒了，吃飽沒事幹？

「詛咒和怨念都是一種能量。所以，就算形式改變也屬正常現象。更屋敷變成了皿屋敷根本就沒啥好奇怪的。」八木一個人在那邊陶醉。

「你是說強烈的怨念會以強大能量的形式，停留在原來的地方嗎？」雅也問。

「會不會停留我不清楚，不過，怨念的能量應該沒有那麼容易消除掉。而且，被那個能量奪走性命的不甘心也會變成能量，再加上這個，怨念恐怕會永久留在這個世上了。」

「所以詛咒是存在的？」

聽到奈央開口的八木，高興地點了點頭。

「這就要講到你們正在調查的遊女淵了。」

剛剛講的那些，到底跟遊女淵有何相干？奈央實在想不明白。

「那個地方本來就殘存著被殺掉的八名遊女的強烈怨念，更何況，每年都有自殺的人或是去探險的年輕人因為車禍而死掉。如果把他們不甘心的能量也加上，那股能量怕是大到快要滿出來了。……可是，這麼一個充滿負面能量的地方竟然被人給遺忘了。」

「什麼意思？」奈央問。

「那裡太荒涼了。遊女淵所在的塩川村人口不斷外流，幾乎要廢村了。附近的道路車流量也一年比一年減少。不消十年，遊女淵就會完全被人們給遺忘。到時……」

八木的臉色變得很凝重。

「既然是累積負面能量的危險場所，不是被遺忘、不要有人去會比較好嗎？」雅也說。

「事情沒那麼簡單。怨念的能量並不會因為被遺忘而消失，那能量會自行演化，想辦法繼續留在這個世上。就像是更屋敷的流言變成了皿屋敷之類的怪談……」

遊女淵的詛咒終於跟番町皿屋敷的故事連在一起了。如果教授講的是事實，那四百年前的怨念就不是古代的遺物了。不僅如此，它就像是逃過趕盡殺絕的生物，正在尋覓棲身之所。

「喚醒八名遊女怨念的都市傳說，教授您有聽說過嗎？」

「你是說只要把某人的名字和頭髮放水流，那遊女就會跑來把他帶往另一個世界？」

「沒錯。」雅也說。

「那不是都市傳說。從以前它就以另一種形態，廣為流傳著。」

「所以它還有原始版本？」

「當然有囉。」八木洋洋得意地說道，開始講起都市傳說的原始版本。

江戶時代，在超渡遊女的法會上，放流精靈船的少女得急病死掉了。於是村裡開始謠傳，說遊女來把她帶走了。後來更演變成只要把私人物品放水流，遊女就會把物品所有人帶走的傳言。很顯然的，那個故事被加油添醋，以都市傳說的形式保留了下來。八木這麼說。

「不過，你還少講了一點。只要不過那上面的橋，咒語就不會生效。」

網球同好會的成員都過了橋。如果這便是都市傳說中所說的喚醒咒語的方法，那他們都做了。

「不過，咒語是不可能生效的。」最後，八木沒頭沒腦地補了一句。

「怎麼說？」奈央問。

「如果用咒語隨隨便便就能殺人的話，那天底下不就……」

到處都是死得不明不白的冤魂了？奈央在心裡幫他把話講完。

「就算你把都市傳說中所說的都做了，也不會發生什麼事。」八木十分肯定地說道。

7

洋子睡得很不安穩。她做了很可怕的夢。

在一個陌生的地方，身上穿著骯髒和服的女人，抓耙著像是茅舍的古老民家的門。喀吱喀吱喀吱，她的手指使勁抓耙著。指甲剝落了，指尖流出了鮮血，可她還是執拗地繼續抓耙著。

「拜託開門……」女子用沙啞的聲音哀求著。

她拚命拍著玄關的門，可是都沒有反應，門好像從裡面鎖起來了。她知道裡面有人，裡面有人，卻沒有人願意幫她開門。

「開門！」女子一邊苦苦哀求，一邊用指甲剝落的手指用力地抓耙著門。空氣彷彿快凍結了，那畫面讓人看了好心酸。無盡的淒涼壓住胸口，叫人快要喘不過氣來。

即使已經醒來了，洋子的身體還是顫抖不已。怎麼會做這麼可怕的夢呢？

喀吱喀吱喀吱……彷彿還聽得到抓門的聲音。對了，是那通電話。

昨晚，跟智美通電話時，聽到了刺耳的喀吱喀吱聲。

都是那聲音害的，我才會做噩夢。

心情亂糟糟的，腦海裡還殘留著在雅也家看到的暑期集訓的ＤＶＤ影像。雖然她覺得靈異照片、影片全是騙人的把戲，但那個太震撼了。因為光線折射的關係，拍出來的影像的頭才會不見了。昨天，奈央不是這樣跟她解釋了嗎？可是，無法拷貝又是怎麼回事？啊，那個肯定也有什麼理由，不用想得太嚴重。

「下一個就輪到洋子了。」

她想起智美的話。

「說什麼傻話。」洋子喃喃自語著。

呵呵呵……不知從哪兒傳來女人的笑聲。

家裡應該只有洋子才對，媽媽不在家。今天是媽媽學做西點的日子。洋子躺在床上打盹的時候，好像有聽到媽媽說「我出門了喔。」之後，好像也有聽到大門關上的聲音。媽媽應該已經出去了，該不會是電視忘了關吧？

洋子離開房間，走下樓梯，一樓客廳的電視是關著的，難不成她幻聽了……？不，也許聲音是從外面傳進來的。不過，那個笑聲……跟昨晚的笑聲好像。昨晚跟智美講電話的時候，她莫名其妙地笑了起來，把人當笨蛋耍的嘲笑。虧我這麼擔心她，一直打電話給她，她到底是什麼意思嘛，一想起來就生氣。

呵呵呵……

怎麼又聽到女人的笑聲？該不會真的是幻聽吧？就像耳鳴一樣，那聲音在腦海裡嗡嗡作響，心頭掠過一絲不安。當時，在笑的人真的是智美嗎？她突然擔心了起來，為了消除心裡的不安，洋子打了通電話給智美。可是，沒有人接。還在睡覺嗎？看向時鐘，剛過了中午十二點。她又打了一次，聽到的依舊只有語音信箱的提示語。

「……是我，洋子。昨天對不起啦。你在忙嗎？聽到這個，請回我電話。」洋子留了言。

可十分鐘、三十分鐘、一小時過去了，智美依舊沒有回電。

再等下去只會讓自己更不安。洋子決定親自去找智美，只要看到她平安無事，一切就解決了。

從洋子家騎腳踏車過去約十分鐘，便是智美住的公寓。她倆從國中就開始同校。智美這個人做什麼都是三分鐘熱度，功課不好，體育也不行。可是她竟然跟洋子進了同一所高中，只能說是奇蹟了。不過呢，這對她來講不是好事，而是壞事，因為她的功課完全跟不上。不遲到、不早退，三年都拿全勤，是她唯一的優點。否則再被記個缺點什麼的，她肯定會被退學。畢業後，她說將來想當美容師，所以現在在唸專門學校。

去年年底，同班同學鷲尾玲子去世，在替玲子守靈的時候，她碰到了許久不見的智美。大概是想一改自己之前土裡土氣的模樣吧？她不但把頭髮染成了金黃色，還把臉曬成了健康的小麥色。在通夜式這樣悲傷的場合，她澀谷 109 辣妹的造型實在是很突兀。可能她自己也察覺到了，前些日子的同學會上，她就把頭髮染回了褐色，妝也比以前淡許多。現在不當黑臉妹，改走白雪公主路線了？連太陽都不曬了。她還是不要搞怪會比較可愛……大概是對自己沒自信吧？所以才會受流行所左右，做出不適合自己的打扮。

來到外頭有樓梯的木造灰泥二樓老公寓前，洋子把腳踏車停好。這就是智美住的地方。外牆有裂縫，公共走廊下擺著洗衣機和腳踏車，時間好像停在了昭和時代。國中的時候，她曾來過幾次，但不記得曾進去屋裡過。雖說從外表看不出來，但裡面想必也乾淨不到哪裡去。她是沒有潔癖啦，但就是不想進到這種公寓的裡面。

洋子上到二樓，按了智美家的門鈴後，便在走廊上等。沒有回應。不在家嗎……？她試著撥打電話，電話一直嘟嘟地叫著，接著就進入了語音信箱。她會到哪裡去了呢？如果真的出去了，也就算了。只要她沒事就好了。

背後傳來窸窣的聲音。回頭一看，化了濃妝、手裡提著超市購物袋的中年女子站在那裡。好像曾在哪裡見過她？

「智美的朋友？」婦人問。

洋子略行了個禮。想起來了，她是智美的母親，森下早苗，好像在酒吧當媽媽桑。智美小學的時候，早苗和不事生產的丈夫離婚了，一個女人獨自撫養智美長大。

「智美不在嗎？」早苗問。

「好像不在。」

「這孩子到哪裡鬼混去了？」

早苗好像現在才下班，滿身都是菸、酒和男人的臭味。

「我下次再來。」

洋子想說要告辭回家了，這時早苗叫住了她：

「等一下，她可能還在睡覺。」

早苗開了門，一進玄關，就看到擺在門口的一大袋垃圾。

「咦，垃圾怎麼沒拿去丟？這孩子真是的。」

一邊說道，早苗一邊往屋裡走去。

「智美，你朋友來找你了。」

早苗的聲音從裡面傳了出來，洋子待在走廊上等著。

短暫的沉默之後，「啊！」的尖叫聲響起。

發生什麼事了？

「打擾了。」洋子說道，往屋裡跑去。

一進門先看到一個小小的廚房，跟想像的不一樣，設備雖然很舊，卻整理得很乾淨。再往裡走是客廳，只見早苗一屁股坐在地上，抬頭不知看著什麼。是這屋子的臭味嗎？怎麼聞到一股好像穢物的惡臭。

「阿姨？」

洋子走近她，可早苗只顧目瞪口呆地看著上面。

怎麼回事？

跟客廳相連的房間，門是開著的，那裡好像是智美的房間……順著早苗的視線，洋子看了過去。窗簾拉上的幽暗房間內，智美的身體吊在半空中。

「哇啊啊啊！」大叫一聲的洋子，往後倒退了兩三步。

死了。智美用電線纏住脖子，上吊自殺死了。最害怕的事終於發生了。

「智美……」

洋子呼喚道，戰戰兢兢地走進房間裡。我，這是在幹嘛？已經晚了。現在不管再怎麼做，智美都不會活過來了。可是，好像有東西在拉她，她就這麼不由自主地朝屍體走去。

「好痛！」

腳踩到東西了。會是什麼？洋子把扎進腳底的東西挑了出來。有點硬的半透明碎片。這是，人的指甲！

難道是……

她看向智美的手指。指甲剝落的指頭上，凝固著暗紅色的血漬。

「怎麼會這樣……」

洋子環顧室內，瞬間，她整個人嚇得僵住了。

牆壁上，到處是用手抓耙過的痕跡。因為抓得太用力，指甲才會斷掉。一道道抓痕透著血的顏色，這不是一時衝動的自殺，智美肯定是被什麼追趕著。她拚命地逃，逃不過，最後才選擇了自殺。

被詛咒了。

我們被詛咒了。

「下一個就輪到洋子了。」腦海裡閃過智美昨晚講的話。

「為什麼……」洋子雙腿無力，整個人跌坐在地板上。

第3章　然後四個人

1

警方斷定智美的死是自殺。認為她是追隨摯友的腳步，踏上了黃泉路。奈央和雅也又把暑期集訓的ＤＶＤ看了一遍，果然不出所料，智美的頭不見了。而且，這次兩人又看到更可怕的東西。原本跟著智美的詭異白影，轉移到了洋子的身上。下一個被鎖定的目標，是洋子。

「必須趕快通知洋子……」奈央拿出手機，結果——

「不需要。她應該已經知道了。」雅也說道。

「是嗎？」奈央露出訝異的表情。

「昨天，洋子打電話給我。她說，下一個被鎖定的人可能是自己。」

雖然不清楚她是怎麼知道的，可也不難想像。龍太和智美碰到的事，想必洋子也碰上了。八木教授說遊女淵的詛咒不可能發生，可明明它就真的發生了。鷲尾玲子、山本哲平、田中秋男、佐藤真由、永倉龍太、森下智美……雖然每個人的死法都不一樣，但很顯然的，他們都是被詛咒殺死的。

「聽說發現智美屍體的，是智美的母親還有洋子。好像說，屍體的樣子怪怪的。」

「她不是自殺嗎？」

「上吊自殺。怪的地方，就在於智美的手指。」

「手指怎麼了？」

「十根手指的指甲全剝落了，然後房間的牆壁上，到處是抓耙過的痕跡……」

這讓她想起為了躲避武田軍的追殺，從橋上跳下來的遊女。奄奄一息的她，逃到下游的村落，挨家挨戶的敲門，求村民救她。可是大家都緊閉門戶，不肯施以援手。那名遊女使出最後的力氣，拚命抓耙著門，抓到連指甲都脫落了，鮮血從指間汩汩流出。然後，隔天早上她就氣絕身亡了。家家戶戶的門上，都是她用流著血的手指抓耙過的痕跡。

「智美並非單純的自殺，她是被詛咒殺死的。」

詛咒並沒有到龍太為止。智美已經犧牲了，接下來可能會輪到洋子。

「看樣子，網球同好會的成員全部被詛咒了。」

「是嗎？我不是很確定，也許智美是最後一個。」

事到如今，奈央還死鴨子嘴硬。她不想承認自己也被詛咒了。

「你冷靜一點，我們先做好最壞的打算，以免輪到自己時，不知該怎麼辦。我們先假設自己也被詛咒了，再來想想化解的方法。」

「為什麼？為什麼我們會碰上這麼倒楣的事……？心懷不敬地跑去靈異場所探險是我們不對，可也沒有必要要我們的命吧？殺死那些遊女的是四百年前的武田軍，跟我們一點關係都沒有。」奈央哽咽地說道。

「奈央，你搞錯方向了。詛咒我們的不是四百年前的遊女，而是有人把遊女的怨念變成了詛咒，再把它轉嫁到我們身上。兇手另有其人。」

「兇手……」奈央愣住地喃喃自語。

「洋子也說了，那裡既然是靈異場所，每年少說也有幾十人去拜訪。我不認為會那麼倒楣，就只有我們被詛咒了。肯定是有人進行了都市傳說中所講的喚醒怨念的儀式，對我們下了詛咒。」

「可是，八木教授不是說詛咒是不可能殺人的？」

「理由我不清楚，但事實擺在眼前。哲平和龍太他們，都是被那兇手所下的詛咒給殺死的。」

奈央覺得自己快崩潰了。

「你是說，我們被那兇手給怨恨了？」

「搞不好真的是。不過，那樣的話反而有救。」

「被怨恨的話反而有救？」奈央問。

「那個人用連八木教授也不知道的方法，對我們下了詛咒。既然如此的話，他應該也知道破解的方法。」

「所以有救……」奈央說不出話來，心中五味雜陳。她恨死了下咒害人的兇手，可他卻是他們能夠活下去的希望。

「你想那個人會是誰？」

「當然是怨恨網球同好會的人。」

「咦？」奈央偏著頭，這她就不明白了。會有人怨恨高中的網球同好會到這種地步嗎？當然，同好會的成員們都不是聖人，不能說完全沒有缺點。每個人在學校、家庭裡，或多或少都有一些問題。可是，她實在想不出來會有誰有那樣的動機想要咒殺他們。

「你是不是想說，我實在想不出來有誰會那麼恨我們？」

看到奈央鼓起了腮幫子，雅也說道。

「沒錯。」

「可能兇手本身也想不到詛咒會真的生效吧？一開始他只是好玩，半開玩笑地進行了施咒的儀式，沒想到真的生效了。」

「是嗎？……那樣的話，或許就有可能。」如此說道的奈央，還是有想不通的地方。說到啟動詛咒的儀式，不是要被詛咒對象的親筆簽名和頭髮嗎？雖說取得那些不是很困難，但也沒有那麼容易。

「雅也，你是不是知道兇手是誰了？」

聽到奈央這樣問，雅也長長地嘆了口氣。

「這，我哪會知道，對那方面我一向很遲鈍。」

奈央不禁點頭。功課好、體育棒，性格開朗的雅也是班上的萬人迷。長這麼大，他應該不知道被人陷害、欺負是什麼滋味吧？因此，他對人根本就沒有戒心。

「奈央呢？你有沒有想到可能是誰？」

「沒有。我想不到。」奈央答得很乾脆。

「你再仔細想想。你們女生的心思比較細，不是有人會為了一些小事，跟人家結怨、交惡什麼的嗎？」

「或許是這樣吧……但細到會想要把同好會的成員全部咒殺掉？我身邊可沒有這樣的人。」

「會不會只是你沒發覺到？真的想不出來嗎？」

拗不過雅也的堅持，奈央又想了一下。有沒有可能得罪了誰，自己卻不知道呢？高中是個多愁善感的年齡，不經意的一句話、一個動作，都有可能傷到人，招來怨恨。她沒辦法保證絕對沒有得罪過人，可是，真要講又講不出特定的對象。

「我還是想不出來。也有可能被怨恨的不是所有人，而是我們之中的某個人。」

「所以其他人只是受到了牽連……？是有可能。」

火爆、衝動的龍太，可能背著大家在外面惹了什麼麻煩，大美女玲子和資優生洋子，被忌妒、被當作假想敵的可能性也不低。這樣說來，被怨恨的理由隨便想都有一大堆。

「兇手也有可能是我們不認識的人。」

「那樣的話，我們就只能坐以待斃了。」雅也仰天長嘆。

如果連他怨恨誰都不知道，要如何找出那個施咒害人的人呢？該怎麼辦才好？說不定就在這個時候，死亡正一步一步逼近。

突然間，年輕男女的說話聲響起，奈央反射地看向電視螢幕，螢幕上出現暑期集訓的畫面。

「啊，抱歉。」雅也說道。他拿起遙控器，想把ＤＶＤ的光碟退出來，卻不小心按到了播放鍵。

「等一下，你先不要動。」奈央對打算按停ＤＶＤ的雅也說道。

「怎麼了？」

「我好像想到了什麼，到底是什麼呢……」

奈央就這樣把暑期集訓的片子又細看了一遍。回到民宿的網球同好會的成員打鬧成一片，感覺不是很熱情的民宿主人出來迎接他們。

「喂，我問你，暑期集訓的時候，是不是有發生什麼事？」奈央問。

「有嗎？沒什麼特別的事啊。」

「我記得有。有一件小事，會是什麼事呢……」奈央搜索枯腸。

「那個，問記憶力最好的洋子就知道了。她的話，肯定還記得。」

「我想起來了！」

以記憶力最好的洋子為關鍵字，奈央想到暑期集訓期間發生的某件事。

「名冊不見了！」

奈央大叫，可雅也似乎還會意不過來。

「是有那麼回事。不過，那有什麼關聯嗎？」

名冊不見並不是什麼重大的事。可能是掉在哪裡或忘在哪裡了。不過，負責保管的人可是記憶力最好的洋子，她堅持有人開了她的包包，把名冊偷走了。反正不見就不見，也沒有人質疑是不是她忘記帶了，洋子本人也覺得比起名冊不見，包包被翻動還更令人生氣。她擔心會不會連內衣褲也被偷走，幸好只有名冊不見了。最後，這件事就以洋子可能把名冊忘在家裡沒帶來作結，可是洋子本人卻很堅持地說：「絕對不可能。」

「喚醒遊女淵咒怨的方法呀。必須有施咒對象的親筆簽名和頭髮，那個冊子上有我們大家的簽名。」

「話是沒錯。這樣一來，下咒害人的兇手就會是我們同好會的成員了。」

「啊，對喔……」奈央的聲音小了下來。

洋子說名冊是在民宿被偷走的。如果它被拿去施咒的話，那兇手是同好會成員的可能性就非常高了。

「對不起，我說錯了。不可能有這種事。」奈央收回自己的意見，可是雅也竟說：

「不，不無可能。雖然不清楚動機，但也許兇手就是我們自己人。」

奈央真是哪壺不開提哪壺。

「要讓咒語生效，必須被詛咒的對象走過遊女淵的吊橋才行。我們決定去那裡探險，是在到達民宿以後。」

集訓的第一天，好像是誰提起附近有個靈異場所，所以隔天大家才會跑去。

「所以，這件事只有參加集訓的十個人才知道。」奈央說。

「你記得是誰提議的嗎？」

「不是我們女生。」

奈央印象中，鼓吹大家去探險的是男生。好像是哲平、秋男、龍太、涼介、雅也其中的一個。

「是哲平提議的。」

「你確定？」

「哲平說他是從民宿主人那裡聽來的，我記得很清楚。」

「那間民宿也是哲平找的。」

「如果兇手是哲平的話，一切就說得通了。一開始，他就打算拐大家去遊女淵，預訂了那家民宿。然後假裝說從民宿主人那裡打聽到靈異場所什麼的，鼓吹閒得發慌的龍太他們去探險。」

可是，奈央還是想不明白，總覺得哪裡搞錯了……

「可是哲平他會有什麼動機呢？」

「就是說啊。那傢伙的高中生活過得比誰都愜意，根本沒有怨恨大家的動機。更何況，那傢伙已經死了。如果哲平就是兇手的話，我們全都完蛋了。」

「又卡住了。」

在那之後，兩人繼續推論著誰會是下咒的人，可是一直找不到可疑的對象。犯人的搜索陷入了更大的瓶頸。

2

洋子被新潟縣警局的刑警找來，約在了咖啡廳。

「謝謝你，特地跑一趟。」

兩名刑警形式化地向她道謝。其中一位是眼神凶惡的中年大叔，另一位則是連續劇裡經常看到的年輕、瀟灑的探員。他們說想跟她聊聊智美的事，原以為會被叫到警察局的，沒想到竟約在車站前的咖啡廳。

「智美不是自殺死的嗎？」

一坐下來，洋子馬上沒好氣地講。大小姐她今天心情不好，智美說的那句話：「下一個就輪到洋子了。」讓她整個人很煩躁。

說什麼我就要死了，根本就是鬼話。那只是智美的胡言亂語。她要自殺前，把一切都豁出去了，故意講這種話刺激我。

「森下小姐應該是自殺死的。可是，我們還有幾個地方想不明白，希望你能幫我們釐清一下。」中年的刑警客氣地說道。

「想不明白，你是指什麼地方？」洋子擺出一張臭臉。

「你不用那麼緊張，就當作是閒聊。」

年輕的刑警在一旁打著圓場，洋子忍不住噘起了嘴。鬼才跟你緊張呢。本來想頂回去的，但還是沒說出口。結果，這次換中年刑警硬擠出噁心的笑容說道：「你是因為被警察找來，有點兒不習慣吧？」

怎麼回事？這兩名刑警好像很擔心洋子的樣子。

咦……

這時，洋子終於發現到自己正在發抖，身體不由自主地輕輕顫抖著。不過，她一點都不緊張呀。那，又是為何發抖呢？

「請你快一點，我還有事情要忙。」為了掩蓋自己其實在發抖，洋子故意大聲地說道。

「是嗎？不好意思。」中年刑警才道完歉，一旁的年輕刑警馬上提出：

「三田村小姐跟死去的森下智美小姐，認識很久了吧？」

「沒有很久，就從國中開始。而且，我跟她並沒有特別要好。」

「森下小姐家是單親家庭，這個你知道吧？」

「知道。」

「她們的親子關係怎麼樣？是不是曾發生衝突什麼的？」

「這我沒聽說過。高中的時候，她們母女的感情應該不錯。不過，畢業後大家見面的機會少了，我也就不得而知了。」

國中的時候，記得曾聽智美講過她家裡的事。智美自懂事以來，母親就毅然決然地跟好吃懶做的老公離了婚。她一直沒有再結婚，從事陪客人聊天、喝酒的工作，一個女人獨自把女兒拉拔長大。智美心裡是很崇拜這樣的母親的。

「看來她家庭沒有問題呀。」年輕刑警向中年刑警說道。

「那，那個是怎麼回事？」

「可能是情緒不穩定，才會做出那樣的事吧？」

洋子默默地聽著兩名刑警的對話。

「所以不是虐待囉？」

中年刑警懷疑，智美可能是遭受了母親的虐待。兩人紛紛向左鄰右舍打聽，可是大家都口徑一致地說：她們母女的感情很好。

「十根手指的指甲全脫落了耶，那也太奇怪了。」中年刑警面露詫異地說道。

洋子想起智美屍體出現的異狀，指甲剝落，指尖染著血漬。然後，房間的牆壁上有無數道抓耙過的痕跡。中年刑警應該是看到了那個，才猜想說智美可能被她母親監禁什麼的。

「你們話問完了？」

洋子喝著送上來的咖啡歐蕾，心情放鬆地說道。談話就到此為止。這種晦氣的事，她再也不想想起。

「還有一件事想要請教你。」

年輕刑警拿出放在透明夾鏈袋裡的手機。手機被裝飾得相當華麗，那是智美的手機。

「森下小姐去世那天，你曾多次撥打她的手機電話，對吧？」年輕刑警說。看來他們去調通聯紀錄了。

「我有急事找她……」

其實，洋子很後悔，為什麼不早一點去看智美。騎車去她家的話，只要十分鐘的時間。她應該不要打電話，直接去找她的。那樣的話，也許智美就不會自殺了。

「急事，是什麼急事？」年輕刑警馬上追問道。

「關你什麼事。」洋子很想這樣回他，卻忍了下來，說道：「她因為朋友出意外死掉了，心情很沮喪。我打電話只是為了關心她。」

「你是說永倉龍太？」

「是的。」洋子直接回答。恐怕刑警連那個也調查了。龍太死掉，智美想不開，所以也跟著殉情了。

「那就沒問題了。」兩名刑警似乎也接受了這樣的說法。留在牆壁上的抓痕依舊是個謎，不過，除此之外，並沒有任何疑點。智美確實是自殺死的。

「最後一個問題，可以嗎？」年輕刑警似乎不太好意思開口。

「什麼問題？」

「我們在森下小姐手機的語音信箱裡，聽到你的聲音。」

「是，我在裡面留了言。」

「那個有點奇怪。」

什麼意思？是哪裡奇怪了？

年輕刑警把手機從夾鏈袋裡拿出來，按下留言播放鍵。

「智美，趕緊接電話！我知道你人就在旁邊。你敢不接，我就跟你絕交。以後有什麼事，你自己看著辦！」洋子的聲音重現。

這很正常呀，哪裡奇怪了？

「奇怪的在後面。」年輕刑警說。

「幹嘛不接電話？……哼，算了。智美，你聽清楚。同樣的話我在電話留言裡也講了，什麼詛咒什麼的全是騙人的。因為倒楣的事一樁又一樁，奈央他們的腦袋變得有點秀逗了。所謂疑心生暗鬼。現在都什麼時代了，怎麼可能有人會因為詛咒而死去呢……啊，你已經完全被洗腦了。DVD的影像，智美你沒看吧？……我看了。那只是被水濕的草反射夕陽，造成身體的某部分反白罷了。是奈央少見多怪、大驚小怪……」

怎麼會被錄音了呢？是智美錄的嗎？可是洋子的聲音錄進去了，智美的聲音卻完全沒有錄到，這也太奇怪了。

「……龍太的死我也很遺憾。你跟他交往過，對吧？智美？……那是什麼聲音？你聽不到嗎？那個聲音……」

整段聽下來就只有洋子的聲音。

年輕刑警按下暫停。

「這是你的聲音，對吧？」

「是的。」洋子說。

「請問，你在跟誰講電話？」

背脊突然一陣發涼。

「智美，我在跟智美講電話。可是為什麼她的聲音沒錄進去呢？」洋子答。

「是這樣嗎？可是根據警方推測，森下智美的死亡時間應該是在你打這通電話進來的六個小時前。」

「啊！」洋子身體抖動的幅度變大了。

「死亡時間，大概在下午的六點左右。雖然多少會有點誤差，不過她九點前就已經死亡了。不可能十二點的時候，還活著接你的電話。」

「不、不、不會吧……」

那天傍晚，智美就已經死了。那，洋子是跟誰講的電話……？

「讓我聽聽看。」

洋子從年輕刑警手裡搶過手機，把電話錄音重聽了一遍。從頭到尾就只有洋子的聲音，智美的聲音完全沒錄進去，洋子一個人在自言自語。那個時候，智美早就已經死了。

「下一個就輪到洋子了。」她想起智美講的話。那是死者捎來的訊息。

「死亡的宣告。」洋子呢喃道。

「你還好嗎？」

中年刑警詢問道，洋子虛弱地搖了搖頭。

「我該走了。」

3

那晚，奈央家來了意外的訪客。

「你朋友來找你了。」

聽到外婆的呼喚，奈央下了樓來到門口，看到的是一臉憔悴的洋子。洋子一向活潑開朗，認識這麼久，還是第一次看到她這個樣子。發生什麼事了？

「抱歉，沒通知就來了。有急事想找你談，方便嗎？」洋子客氣地說道。

「當然方便。」

嘴巴這樣講的奈央，其實心裡有點慌張。接下來，生命受到威脅的人是洋子。在這種情況下，要怎麼面對她？該怎麼安慰她？奈央實在不知道。

來到二樓的房間，洋子好一陣子都不講話。奈央也找不到話題可講。

「暑期集訓的ＤＶＤ，你都看了吧？」

終於，洋子沉重地開口了。

「嗯，呃，那個嘛……」奈央支吾其詞。

「我，怎麼樣了？」

原本跟著龍太和智美的恐怖白影，現在轉而跟著洋子你了。面對本人，誰講得出這種話？那白色影子，就好像死神一般，被它纏上，必死無疑。

「到底怎麼樣了？」洋子平靜地又問了一遍。

「那個……」奈央答不出來。

「跟著智美的白色影子到底怎麼樣了？我受得了，你說吧。」

洋子目不轉睛地看著奈央。她好像已經有所覺悟，就算騙她，也會馬上被識破。看樣子，只能講真話了。

「跑到洋子身上了。」

「喔」地一聲後，洋子露出苦笑，「詛咒什麼的，我從來就不相信。」她逞強地說道。奈央知道她是死鴨子嘴硬，但沒有說破。洋子似乎打心裡覺得害怕。不過，那是一定的。被預告了會被咒殺，只要是正常人誰都受不了。

「ＤＶＤ片子裡的頭消失了，你說是光線折射造成的。白色的影子會出現，肯定也有什麼原因。哲平是生病死的，智美是自殺，其他人則是意外，只是碰巧它們都在這段時間內發生。我只要小心一點，就會沒事的。」洋子自我安慰地說道。

「發生什麼事了？」奈央平靜地問道。

「我跟智美通過電話。就在她去世的那天，我跟她通過電話。」

「當然，那是在她自殺之前，對吧？」

奈央提心吊膽地問，卻見洋子搖了搖頭。

「我原以為是跟活著的智美說話。可是沒想到，那個時候，她已經死了。我是跟死人通的電話。」

奈央心臟都快停了。洋子不可能編造這種謊言，這是事實，洋子是跟死人說了話。

「智美說……下一個就輪到洋子了。」

死亡的宣告。

「已經不需要去調查DVD的影像是否有問題了。很顯然的，這是詛咒。」

事到如今，洋子不承認也不行了。

「下一個死的人，是我。」洋子強忍著恐懼說道。

「沒、沒、沒事的。一定有解救的方法。」

奈央說得這麼心虛，一點安慰的效果都沒有。低著頭的洋子緊咬著自己的嘴唇，看到她那樣，奈央忍不住火冒三丈。

「你別那麼沒出息！」奈央聲音大到連她自己都嚇了一跳。

抬起頭來的洋子，瞪大了眼睛。

「全校第一名的美女資優生洋子到哪裡去了？」

「謝謝你的讚美。」幾秒鐘之後，洋子終於對她展露笑顏。她的眼神還沒絕望，她依舊是那個堅強、好勝的洋子。

「詛咒要殺死我，沒那麼容易。」她打起精神說道。

「對，沒錯。洋子才不會因為詛咒而死掉呢。」

「你說解救的方法，是什麼？」洋子問。

「咦？」

「剛剛，你不是說有解救的方法嗎？難道你只是隨便敷衍我？還是，真有什麼方法？」洋子問。

「嗯。我是說了。」

「要怎麼做，才能逃過詛咒？」

「今天中午我跟雅也見面了。他正在想辦法破解詛咒。至於我，則從旁協助……」

看奈央說得吞吞吐吐的，洋子噗哧地笑了出來，

「你們，幹嘛不乾脆在一起算了？」她說。

「咦？」

奈央快要昏倒了。洋子自己都快要沒命了，怎麼還有心情攪和奈央和雅也的事。

「如果這次大家能逃過一劫的話，你們兩個就在一起吧。」

「你、你、你在說什麼啊？」看到奈央口吃，洋子笑得更大聲了。

「奈央你，真的好單純。」

現在不是聊這種事的時候。可是，看到洋子的笑容，奈央總算放心多了。

「雅也是不是想到了什麼？」洋子恢復一向的沉著冷靜，問道。

「詛咒我們的人，並不是四百年前的遊女。是有人喚醒了詛咒，再把它轉嫁到我們

身上。雅也說那個人才是真正的兇手。只要找到兇手，應該就可以查出破解的方法了。」

「啟動詛咒的兇手是嗎？嗯，這個比被四百年前的遊女所詛咒，要合邏輯多了。」

怎麼洋子好像在講別人家的事似的？奈央點點頭。

「那，他有說兇手是誰嗎？」

「那個，還沒有……」

「總有個可疑的對象什麼的吧？講出來。」洋子以命令的語氣說道。

「兇手有可能是我們同好會裡面的人。」

「他懷疑誰？」

「找到那家民宿，提議要去那個地方探險的人，都是哲平。因此，哲平的嫌疑最大，不過他沒有動機。而且，下詛咒的人自己先死了，這點也很奇怪。所以，還是沒有結論。」

聽完奈央的說明，洋子仔細想了一下。

「如果兇手是哲平的話，那就找不到人問破解詛咒的方法了。」

「他不是兇手啦。因為，他自己都死掉了。」

奈央反駁道，可是洋子卻面無表情地搖了搖頭。

「如果詛咒這種東西真的存在的話，它本身就是一種危險物品。就好比雙面刃，不見得施咒的人自己不會死掉。」

害人終害己。八木教授曾經講過，所以下詛咒的人比被詛咒的對象先死，也是有可能的。

「哲平他沒有動機。」奈央說。

「是嗎？」

「高中生活過得最愜意的人就是他了。這樣的人怎麼會想要把大家咒殺掉？」

「動機這種東西，隨便找都有。就說我好了，我也會有動機。」

洋子的回答令奈央瞠目結舌。長得漂亮、頭腦又好的洋子也曾興起詛咒同學、把他們殺掉的想法嗎？

「我永遠是班上的第一名。其實，那對我來講，也是一種壓力。我害怕哪一天，第一名的寶座會被奪走了，我甚至希望第二名的雅也可以生個病什麼的。不僅如此，我還忌妒異性緣很好的玲子和奈央你。」

「洋子……」

看到奈央一臉認真，洋子說：「別擔心，我不會下咒害人。不過，仔細一想，動機這種東西，真的隨便找都有。」

或許吧。像犯下隨機殺人等重大刑案的兇手，平常看起來也都跟正常人一樣。這種例子確實存在著。

「但哲平應該另當別論，他看起來很滿意高中生活的樣子。」

「也許那就是他的動機。」洋子回答。

「怎麼說？」

「現在我說的都是假設。」

奈央點點頭。

「哲平的高中生活過得比誰都燦爛。他朋友多、人緣好，女朋友又是大名鼎鼎的校花鷲尾玲子。他在高中就已經把人生最美好的時光給過完了，可是他不可能一直停留在高中，對吧？」

奈央同意。高中生活三年就結束了，對他而言，最美好的時光何其短暫。

「他也會擔心以後的人生。高中的風雲人物一旦畢業了，光環也就不見了。他的成績屬中下，女朋友玲子的成績卻是中上。他們不可能上同一所大學。上了大學，出了社會，你想漂亮又優秀的玲子周圍的男生能放過她嗎？他們肯定會展開猛烈的追求，哲平早晚會被甩了。」

「是嗎？」

「大一的暑假，他們兩個就已經分手了。」

畢業後班上同學的近況，奈央幾乎不知道。

「哲平多麼希望時間能停留在高中，就在人生最燦爛的時候做個結束……」

會有人有這樣的動機嗎？奈央實在無法理解，但也不能說完全沒有。因為太幸福了，所以希望在最幸福的時候結束。是說得通啦，可是哲平會做那麼哲學的思考嗎？這又是一個問題。

「都說了是假設。我只是要告訴你，殺人的動機，任誰都有。」

說完這句話後，洋子突然很難受地咳了起來。

「洋子！」

「……我沒事。麻煩拿個東西……給我喝……」

「好。你等一下。」

奈央十萬火急地衝出房間。她再也不想看到同學在她面前死去了，洋子若真的噎到，她馬上叫救護車，一秒都不耽擱。飛奔下樓，來到廚房的奈央，從冰箱拿了罐果汁後，又急忙地衝上樓。有那麼一瞬間，她猶豫著要不要開門。洋子如果死在裡面的話，該怎麼辦？哲平在居酒屋停車場斷氣的畫面閃過腦海，她彷彿看到洋子翻著白眼死掉的樣子。

「不會的，不會有這種事。」奈央說道，鼓起勇氣把門打開。

洋子咳得好厲害。用手拍了拍胸脯順氣後，奈央把果汁遞了出去。

「謝謝。」喝著果汁的洋子說道。

「你別嚇我。」奈央嚇得小命快沒了。

「我只是被自己的口水嗆到。奈央，你臉色怎麼那麼難看？」

「我、我以為……」

「我不會死的，少說也要活到一百歲才夠本。」

「嗯，沒錯。洋子的話，肯定能活下來。」

「你什麼意思？是說我是打不死的蟑螂嗎？」

「不是的。我是在稱讚你、稱讚你。」

「看在你衝下樓拿飲料給我喝的份上，我就原諒你吧。」

雖然有信心洋子能逃過一劫，但奈央還是很擔心。要他們命的可是詛咒。而且，已經有六個人犧牲了。

「奈央你就和雅也一起把兇手找出來吧！然後，想辦法問到破解詛咒的方法。」

「那你呢？」

「我打算採取更直截了當的方法。」

「直截了當的方法？」

「找人祭改。」洋子說。

「啊！」

對喔，化解咒語的方法，一般都會想到去祭改。既然是被詛咒，找人祭改把它解了不就得了。

臨去之前，洋子說道：

「在這件事情解決之前，連對雅也也不能完全放心喔。」

「咦？」奈央以為自己聽錯了。

「我先是勸你們交往，後來又這麼說或許很奇怪，不過，如果施咒的兇手就在同好會裡面的話，那麼雅也也不能摒除在外。」

「不會吧……」奈央不說話了。

「要想活下去，誰都不可以相信。我個人覺得，最可疑的就是他。」洋子說。

「雅也哪裡可疑了？」奈央問。

「說哲平是兇手，是比較省事。可如果兇手比我們想像的還要狡猾呢？……他狡猾到把別人都咒死了，只有自己活下來。同好會的成員裡如今還活著的，就只剩我、奈央、涼介、還有雅也。如果兇手還活著的話……」

經她這樣一講，雅也也是很可疑。

決定要住那間民宿的人是哲平沒錯，可他說不定有找雅也商量。他倆可是好哥兒們。如此說來，哲平會提議要去遊女淵探險，說不定也是雅也指使的。雅也是兇手。不，不可能有這種事。雅也絕不可能，因為他是奈央最信賴的人。

「小心駛得萬年船。只有這樣，才能活下來。我去找人祭改，至於兇手，就交給你了。」如此說道後，洋子便離開了。

4

和奈央分手後，洋子轉了幾趟公車才回到家。無論如何，都不能讓自己獨自一個人。最先死掉的玲子是出車禍死的，接下來的哲平是死於心臟衰竭，秋男和真由是落海溺死的，龍太是摔下斷崖死掉的，智美是自殺。這六人的死法有一個共同點，那就是他們都是落單的時候死掉的，不相干的人不會被牽扯進去。詛咒是否有規則可循她不知道，不過，看樣子好像只有被詛咒的人會死。如果真是那樣的話，那麼只要和不相干的人在一起就可確保安全。何況，像哲平那樣突然發病的，只要周圍有人的話，就可以幫忙叫救護車。盡量避免一個人，和多數人一起行動，方為上策。

回到家之後，洋子讓房間的門就這麼開著。萬一有什麼事的話，爸媽可以馬上跑過來查看。母親要幫她把門關上，可是洋子卻說就讓它開著。

「這孩子怎麼怪怪的。」母親露出困惑的表情。

「已經很晚了，爸人呢？」

「還在加班。」

「媽，我們一起睡吧？」

「說什麼傻話。」

洋子發出了求救信號，可是母親以為她在開玩笑，沒放在心上。

一個人待在房間的洋子覺得很害怕。恐懼讓她喘不過氣來，就像白綾一吋吋絞緊她的脖子。這種時候，要是有男朋友在身邊就好了，可是偏偏她沒有特定的交往對象。是啦，是有男的朋友，只要她打電話叫他們來，哪一個都願意陪她到天亮，可這種人她不放心。是了，問題就出在這裡。

就因為她這麼好強，總是擺出高高在上的姿態，才會把幸福給趕跑了。找不到值得託付的對象，或許問題出在自己身上。奈央有雅也，玲子有哲平。她人長得漂亮、功課又好，照理說應該很受歡迎才對，可是，高中三年她沒收過一封情書，沒聽過半次告白。她交不到男朋友，她很會念書沒錯，卻一點都不感到幸福。男生們喜歡的對象永遠是玲子和奈央，大家都說她是美女，可是她卻沒有異性緣。同性喜歡自己固然令人高興，可是如果異性也喜歡自己的話那會更好。就算大家都不理她也無所謂，只要喜歡的人理她就好。

都是奈央礙事。

要是她不在，她就可以跟雅也交往了。她跟雅也變成一對，那會是多麼幸福的一件事！俊男美女的完美組合，肯定羨煞了其他人。只可惜，雅也眼中只有奈央。高二的秋天，有一次她正好跟他坐同一班公車回家。洋子說想要紓解課業的壓力，結果雅也說「偶爾，也要好好地放縱一下。」便帶她來到了電子遊戲場。兩人開心地玩了一小時後，移師到咖啡廳。

「沒想到我們兩個還挺合的。」洋子說。
「是啊，我很久沒這麼開心了。」
「要不要試著跟我交往啊？」
洋子用開玩笑的語氣說道，其實她是認真的。如果雅也回說「好啊」，那他們就變成情侶了。也許她會失去奈央這個朋友，卻換到了一個男朋友。洋子寧可那樣。比起女性朋友，她更想要男朋友。她想要跟雅也談戀愛。可是，他卻只是一笑置之。她多希望可以從他口中聽到：「我們來交往吧。」
如果奈央不在的話……
長得漂亮、功課好又有什麼用？喜歡的人不喜歡自己，一切都不過是枉然。就洋子來說，她也有詛咒大家的動機。可又是為什麼，她會去見令人討厭的奈央呢？而且，她還說心儀的雅也很可疑。不過，她可不是亂講的。如果啟動遊女淵詛咒的兇手是同好會裡面的人的話，雅也確實也很可疑。她有多喜歡他，就有多忌憚他。這種感情稱得上是愛嗎？……雅也太冷靜了，明明他跟奈央感情那麼好，兩人卻沒有交往，實在是太奇怪了。
因為害怕遠距離戀愛會失敗，所以不敢告白是嗎？
他極度害怕受到傷害。不管跟誰相處，都保持著一定的距離，不肯表露自己的真心。他討厭有人侵犯到自己的隱私，心機深、不好對付、充滿頑強的生命力。大家都被他溫和的外表給騙了，雅也的本性，沒有人知道。

喀答喀答喀答……窗戶搖晃著。

嚇了一跳的洋子轉過頭去。緊閉的窗簾把黑夜阻隔在外，夜已經深了。

喀答喀答喀答……窗戶又響了。全是風太大的關係，外面不可能有什麼東西。話雖如此，她還是很在意。

「詛咒，殺不死我的。」

洋子喃喃自語，一鼓作氣把窗簾拉開。窗外，是看慣了的夜晚風景。除此之外，什麼都沒有。搞半天，是她自己在嚇自己。

「我發什麼神經啊！」

洋子有自言自語的習慣。小時候，爸媽經常糾正她，可她就是改不過來。她也不想改過來，把心裡所想的說出來，又不是什麼壞事。只要講出來，就會實現。洋子這麼相信著。

「我不會死的。」

關上窗簾，洋子拿出手機。想到曾跟死去的智美通過電話，讓她害怕了一下，不過，她很快調整好心情，打電話給涼介。

「洋子喔，怎麼了？」涼介很快就接了。

「我有事想要請教你。」

「什麼事？」涼介的態度很冷淡。

「涼介你不是對恐怖電影或靈異現象很有研究嗎？」

「喔，你說那個喔……」涼介的聲音越來越小聲。

奈央把詛咒的事認真想了一遍。或許就像洋子所說，施咒的動機任誰都有。這如果是殺人或犯罪計畫的話，就算腦海裡有計畫也未必會執行吧？更何況詛咒這種東西，就算執行了，對方也不一定會死掉。不，應該說，基本上是不會死掉的。討厭某個人，對他下詛咒，通常只是自己過過乾癮、洩洩憤罷了。這次的兇手，應該也是沒有想太多就進行了施咒的儀式。他不是真心想害他們，他以為，區區一個儀式不會真的死人。可是不知道為什麼，詛咒竟然生效了。如果兇手是同好會裡面的人，那會是誰呢？再不趕快找出來，洋子就有危險了。不過，如果是洋子的話，說不定可以戰勝詛咒。她心裡如此期望著。

電話響了，奈央嚇得心臟快要跳出來了。拿起手機一看，上面出現「香坂雅也」的名字。

「喂……」她故作冷靜地接起電話。

「抱歉，這麼晚了還打電話給你。」雅也說。

「沒關係。我知道你有重要的事要講。」

時間已經過了晚上十一點。
「關於下詛咒的兇手，我想了又想，想到有一個人很可疑。」
就算他這樣講，奈央還是猜不出來。
「就像我們中午討論過的，那個人是同好會成員的可能性非常地高。還有，兇手應該不會把自己也咒死了。」感覺雅也的聲音好冷。
「誰？」
「是涼介。」
「咦？」
奈央發出質疑的聲音，於是雅也開始解釋：從DVD的影像判斷，現在詛咒移到了洋了身上。也就是說，同好會的成員還沒被詛咒的就只剩雅也、奈央，還有涼介三人。既然奈央和雅也不是兇手，那唯一的可能就是涼介了。
「有沒有可能是同好會以外的人？」奈央問。
「不可能。知道我們會去遊女淵的就只有民宿主人還有同好會的成員。」雅也十分肯定。
那這樣的話，雅也也有嫌疑。奈央心想。
「明天，我們一起去找涼介吧？」
「也好……」

「仔細想想，涼介他不是很喜歡看恐怖電影和靈異節目嗎？也許他以為詛咒不可能成真，所以半開玩笑地進行了儀式。他可能沒有要害死誰，只是聽到流言，覺得好玩就做了。」

也許是那樣，不過，網路上流傳的方法應該不會使詛咒生效才對。八木教授是這麼說的。不過，還是有必要去見涼介一面。他們四個必須團結才能得救，奈央決定和雅也一起去找涼介。

5

隔天，奈央和雅也一起去拜訪榊涼介。雖說都是網球同好會的成員，奈央幾乎不記得曾跟涼介聊過天。涼介人很好，跟誰都處得來，可是班上真正跟他交情好的似乎只有已經去世的龍太。雅也好像也很少跟他講話，說他是神祕人物或許太誇張，但至少他們跟他不是很熟。

涼介的家是一棟有著綠色三角屋頂、白色粉牆的可愛小木屋。

「哦，神秘人物住的家倒是頗為明亮。」雅也說，一邊按下門鈴。

等了一會兒，沒有回應。雅也又按了一次電鈴，還是沒有回應。

「奇怪了。我有先打電話過來，他說他在家的。」

正打算再按一次電鈴的時候，雅也的手機響了，是涼介打來的。
雅也一接起電話，「你們到了？」電話那頭馬上傳來涼介的聲音。
「在你家門口。你不是說今天會在家的嗎？」雅也的聲音不太耐煩。
「我在家啊。」涼介回應道。
「那……」
那你幹嘛不出來開門啊？
「大門沒鎖，順著走廊走到底就是我的房間。你們自己進來。」說完，涼介便把電話掛了。
「他什麼意思？」雅也發著牢騷，奈央也不得其解。
一進門，便看到一隻大黑貓好像門神似的端坐在路中間。不是看門狗喔，是看門貓。雅也打算跨過牠走過去，沒想到牠竟然喵的一聲狠狠地瞪著他。
「六藏，讓他們過來！」
裡面傳來涼介的聲音。被叫做六藏的那隻貓優雅地走開，把路讓了出來。奈央和雅也聳聳肩，進到裡面。
來到走廊，聽到涼介說「這邊」。循著聲音，兩人繼續往前走。最裡面那間房的門是開著的，涼介終於現身。
「你在幹嘛？」雅也踏進房間的瞬間，張開的嘴就再也合不起來了。奈央跟著走了進去，也被眼前的景象嚇傻了。三坪大的和室，從牆壁、地板到天花板，全都貼滿了符。

「那是對抗詛咒的靈符。有多少效果我是不知道啦，但現在的我能做的也只有這個了。」

面對目瞪口呆的雅也，涼介繼續說道：「報紙你看了吧？龍太在井底發現的那具白骨的身分已經查到了，遺棄屍體的犯人已經被逮捕了。」

聽涼介說起，雅也回答說：「我看了。」今天早上的報紙刊了有關龍太發現的井底枯骨的身分，以及遺棄屍體的犯人被逮捕的消息。高齡的母親去世之後，為了冒領年金，做兒子的隱瞞她的死訊，並將屍體沉入井中。

「龍太不是被那副死人骨頭給害死的，他只是單純的發現者。」

「是那樣沒錯。」雅也附和道。

「果然是遊女淵的詛咒在作怪，對吧？」涼介問。

「嗯，應該是……」雅也又傻掉了。

「下一個有危險的人，是洋子吧？」

「是啊，你是怎麼知道的？」奈央問。

「昨天，她有打電話給我，要我介紹靈媒給她。」

洋子說要去找人祭改。看樣子，她找上了涼介商量。

「你幫她介紹了嗎？」

奈央問，涼介馬上搖了搖頭。

「我不認識那樣的人。雖然我喜歡看恐怖電影和靈異節目，卻不是那方面的專家。要真有厲害的靈媒，拜託一定要介紹給我。」

施咒害人的兇手，會是涼介嗎？奈央開始感到懷疑。對靈異現象很有研究的涼介，應該知道那不是鬧著玩的。這樣的他，就算吃飽撐著也不會去啟動咒語吧？

「你們兩個怎麼會一起來找我？不像是約會完順道過來的樣子。」

這裡再怎麼說都是涼介的家，他佔有主場的優勢。該怎麼開口才好呢？雅也困擾著。他開始感覺，也許下詛咒的人並不是涼介。可是，就這樣回去他又不甘心。

「下詛咒的人，是不是涼介你？」雅也單刀直入地問。

嘿、嘿、嘿……涼介乾笑了幾聲。

「你說話啊！」

「果然，你們是為了問這個才來的。」

剛剛還在奸笑的涼介，突然由喜轉悲，一臉哀傷地看著兩個人。

「真討厭，你們竟然懷疑朋友。虧我還想說，你們是來關心我的。」

「對不起。」奈央老實地道了歉，雅也卻不為所動。

「答案到底是ＹＥＳ還是ＮＯ？」

「不是我。我知道啟動詛咒的儀式，可我不會做那種事。」

「我可以相信你嗎？」

雅也窮追猛打地逼問涼介，讓奈央覺得他有點可怕。

「要下咒害人，必須有對方的親筆簽名和頭髮才行。我要拿到女生的頭髮，可是比登天還難。」

「那也不是完全做不到，你只要早點做準備就好了。」

「可是要背著大家，在不被人發現的情況下，把東西放水流也不可能。」

「趁半夜偷偷溜出去就有可能了。」

就在這時，黑貓六藏走了進來，喵了好大一聲。奈央嚇到快要暈倒。雅也似乎也受到不小的驚嚇，話都講不出來了。

「既然如此，那雅也你也做得到，不是嗎？」

過了一會兒後，涼介說道。正是如此。雅也眉頭深鎖，一臉頹喪。

「沒用的。看樣子我們之中，並沒有下咒害人的人。」奈央安撫兩人似的說道。

「為什麼你會覺得沒有？」雅也把視線轉向奈央，質問道。

「同好會的成員不管是誰，都沒有機會把名冊和頭髮放流到那條河裡面。說什麼半夜背著大家一個人偷溜出去，根本是不可能的事。」

「那如果是集訓前或集訓後呢，就有可能了吧？」

「你是說有人會為了詛咒大老遠地跑一趟長岡和山梨縣嗎？」奈央頂了回去。大概是受到昨天洋子說雅也也有嫌疑的影響，她忍不住就是想反駁他。
「任何可能都不可以放過。」
「你這樣講，就不對了。」
涼介以權威人士的姿態插嘴道。對靈異現象很有研究的涼介，似乎握有什麼資訊是奈央他們不知道的。
「哪裡不對了？」雅也問。
「要下咒的話，必須在目標對象去到那裡的當天，把他的名字還有頭髮放水流才行，那才是正式標準的儀式。」
「真的嗎？」奈央問。
「網路上是這麼寫的。話說，最近因為模仿的人太多，寫有詳細情形的網站好像被封鎖了。」
「如果必須在集訓的第二天，把名字和頭髮放水流才行，那同好會的成員就誰也做不到了。」
聽奈央如此說道的雅也，也只能苦著臉承認說「也對。」所以兇手根本就不存在？奈央他們之所以受到詛咒，純粹只是因為去到遊女淵而已？
「只是，喚醒怨念的儀式到底有幾分可信還是個問號。有幾個真的照著做的人，在網路上發表心得。不過，並沒有聽說有誰因為這樣而死去的。」

「是嗎？就算真的下咒把人害死了，也不會有人在網路上發表吧？」

「錯了，雅也你不了解網路的世界。如果因為下咒而害死人或讓人生病的話，下咒者肯定會覺得很驕傲。這就是網路的世界，就算被警察抓了，只要能引起大家的注意，下咒者就滿足了。」

「真的是這樣嗎？」

「涼介你不知道破解詛咒的方法嗎？」明知問了也是白問，奈央還是問了。

「是的，很遺憾。要是知道方法，我早做了。就是因為不知道，我才會把符貼成這樣，躲在房間裡不敢出去。」

「是喔……不好意思，懷疑你。」雅也如此說道，準備打道回府。

「受到遊女淵詛咒的，似乎只有我們。我們肯定是做了什麼別人沒做的事，只要把那個找出來，就可以順利破解詛咒了。」涼介給了建議。

「有新的發現，記得通知我喔。謝了。」

雅也和奈央離開了涼介家。

疑惑並沒有解開，但可以確定涼介並不是兇手。這下，問題又回到了原點。既然不知道是誰下的詛咒，也就找不到破解的方法。剩下的，就只能祈禱洋子的祭改能夠順利，能夠逃過被詛咒的命運。

6

洋子揉著惺忪的睡眼坐上電車，就快到新潟站了，昨晚幾乎沒睡。不是她不敢睡，而是她一整晚都在上網。妖魔鬼怪這種東西她向來不信，她一直以為那都是假的、騙人的，是人在裝神弄鬼。不過，看樣子她是真的被詛咒了。既然詛咒是真的，那祭改應該也是真的。她上網搜尋有在幫人家祭改的超能力者，一直到早上。

沖繩、九州、大阪、東京……幫人家祭改驅邪的地方還真不少，可是如果可以的話，她希望在新潟縣內。不是她討厭出遠門，而是在被詛咒的情況下，長距離的移動風險太大了。玲子是出車禍死的，龍太是從斷崖掉下來摔死的，秋男和真由是跌下防波堤溺死的。已經過世的六人裡，有四人是死於意外，要盡量避免出遠門。仔細想來，死在家裡面的，只有自殺的智美。如果家裡有人的話，也許智美就不用死了。更何況，洋子已經決定不管被逼到什麼地步，她都不會自殺。她對自己的意志力有自信。就算情況再糟，也一定能找到應對的方法。要她自我了斷，門都沒有！

她尋找著新潟縣內，看起來很靈的靈媒。有一個在新潟市恐山修行的女法師，能夠讓鬼神附身在自己身上，網路的評價很不錯。

「就是她了！」洋子興奮地大叫。

她一早就打電話過去，可對方竟然說今天的預約已經額滿。

「我希望師父能夠盡快幫我祭改，我已經快要撐不住了。布施的錢我願意加到兩倍。拜託，請通融一下。」

千拜託萬拜託後，洋子終於取得今天下午的預約。

現在她擔心的是到那裡的這段路程。不知會發生什麼事？她一直警戒著。只要周圍出現可疑的人物，她就提防他可能是隨機殺人犯。就連站在月台等車的時候，她也盡量避免站在第一排。電車駛進月台的瞬間，只要有人稍稍在背後一推，她就有可能掉到軌道上，被輾死什麼的。大家會以為那是一場不幸的意外，沒有人會懷疑她是被詛咒殺死的，通常都會把它當作意外死亡或自殺來處理。

在新潟站下車的洋子，坐上了計程車。聽她講完目的地後，司機馬上會意地說：「喔，是那裡呀。」看來他以前曾經載客人去過。也不設定衛星導航，油門一踩，就往前衝去。

在祭改完之前，都不能放鬆警戒，因為不曉得會發生什麼事。

「我不趕時間，請你小心開車。」她向司機說道。

「你說什麼？」司機沒聽清楚。

「你會不會開太快了！」她提醒他，沒想到司機竟一笑置之，根本不理洋子。眼看前面的號誌就要變成黃燈，司機加緊油門衝了過去。

「拜託你小心開車。」洋子語氣尖銳地說道。

「真囉嗦。」司機故意說得很大聲讓她聽到。

心煩意亂，總覺得有事情會發生。

把視線轉向窗外的洋子，看到一台卡車直直地開了過來。司機沒看到燈號。

「呀！」洋子大叫。

司機猛踩油門，就在千鈞一髮之際，卡車從計程車的後方通過。

「那台卡車，是怎麼開車的！」司機咒罵道。

得救了。

洋子動彈不得。如果，司機聽洋子的話開慢一點的話，卡車會直接撞進計程車的後座，洋子就會當場沒命了。

「你還好吧？」司機問。

「嗯……」如此回答的洋子，其實嚇得不輕，三魂七魄都快散了。

下了計程車的洋子，來到對方在電話裡所講的住址。是一間獨棟的木造平房。

看起來很正常。就是一般鄉下的民家，只是比較大一點。

這裡真的有在幫人祭改嗎？

門牌上寫著『黑田櫂』。

沒錯，是這間沒錯。

洋子按了對講機，說道：「我是預約下午的三田村，請問黑田老師是住在這裡嗎？」

不久，「請進來。」女人的聲音響起。是電話裡的那個聲音。

一進大門，全身白衣的年輕女子立刻迎了出來。

「是三田村洋子小姐嗎？」

「是的。」洋子行了個禮。

「您預約的時間是下午兩點。」

看向手錶，現在才一點半。

「對不起，我沒想到會提早到。」

「沒關係。我們到裡面稍等一下。」

這名女子是負責照顧黑田老師生活起居的助手。稱不上是美人，卻別有一番風韻。原以為她只有二十幾歲，可仔細一看，應該更年長才對。也許三十歲？她的動作和一身白的打扮有股妖豔之氣。

她讓洋子在三坪大的和室等。屋裡不是很髒，但也沒有很乾淨。感覺應該有在打掃，只是建築物本身很舊，連榻榻米也是舊的。

「請在這裡稍待。」女助手指示道。

裡面的房間傳來般若心經的誦唱聲，洋子前面的客人好像還在的樣子。情形她都已經在電話裡講了，來到這裡就安心了。這棟房子應該很安全吧？剩下的就交給靈媒了。

說不定，事情很快就能解決，同好會裡要是有人有靈異體質就好了。暑期集訓回來，大家若都去祭改的話，說不定就沒有人會死了。

前面的人怎麼弄那麼久？都怪她太早來了。只好坐著，乖乖地等著。三十分鐘過了，怎麼還不來叫她？突然，她注意到牆壁上掛著鏡子。早上妝隨便化化就出門了，不知自己現在是什麼樣子？

她看向鏡子，鏡子裡出現一張有著熊貓眼的臉。

她就頂著這張臉，一路坐電車來到這裡的嗎？……幸好沒有碰到認識的人。

她忍不住笑了起來，來到這裡就安心了。

「三田村小姐，已經準備好了。」女助手來叫她了。

在她的帶領下，洋子來到像是道場的大房間。只有這裡看起來比較新，祭壇佈置得頗為華麗。中間供奉著大大的觀音菩薩塑像，旁邊還有幾尊小觀音像和不動明王像。數根插在燭台上的蠟燭、香爐、淨鹽、水果、大把鮮花、團扇太鼓之類的擺了滿滿一桌。華麗是華麗，卻顯得有點雜亂。祭壇前面有一塊空地，正在進行護摩火供。身著法衣的女靈媒師黑田櫂手持念珠，正唸唸有詞。年紀大概六十七、八歲的她，緊閉著一雙盲眼。

「老師，我把人帶來了。」

在女助手的指示下，洋子坐到靈媒師的右邊。瞬間，護摩火供的火變得好大。

「你被不乾淨的東西纏上了。」櫂劈頭就講。

「那個，我……」洋子正要開口，一旁的助手馬上說道：「詳細的情形老師還不知道。發生了什麼事，請你現在講。」

所以，來這之前她在電話裡講的那些，助手只是聽聽，並沒有告訴靈媒師？洋子只好把去靈異場所探險後，好像被詛咒的事又講了一遍。

「我感覺到有很強的靈氣跟著你。」

護摩火供的火又變大了。那火就像有生命似的，上下左右地搖曳著。

「這恐怕不好處理。……最近的年輕人，把靈看得太簡單了。一點恭敬的心都沒有。就算祂跟你沒有血緣關係，好歹也是我們的先人。」

「我很抱歉。」洋子乖巧地道了歉。

「竟然把靈當作玩具……」

櫂仰望著天，張開原本合十的雙手，緩緩舉起。

「老師。」助手出聲叫她。

「像她這樣不敬神明的人，我有必要救她嗎？」櫂不客氣地說道。

「可是，人家她都特地跑來了。」

助手幫洋子求情，可櫂卻低下頭，輕輕地搖著頭。

「這個人不相信靈的存在，我感覺到她內心的抗拒。」

被看穿了。沒錯，她的確不相信靈的存在。她還在懷疑，即使已經有六個同學往生，即使她跟明明已經死掉的智美通過電話，她就是沒辦法百分之百相信鬼魂的存在，總是還有一點懷疑。

「這個人就不用祭改了吧。」

如此說道的櫂繼續低著頭，一動也不動。

洋子不知該怎麼辦。都專程跑來了，如果被靈媒師當場拒絕的話，那不是全泡湯了？如果今天她就這樣離開的話，不知會發生什麼事。洋子的命危在旦夕，有如風中殘燭。

「求求您，請您務必幫我祭改。」

洋子乞求道，這時櫂把臉轉向她。

「誠如老師所說，我是懷疑靈的存在。可是，現在我相信了，打從心底的相信。我的朋友已經有六個人往生了，雖然人家都說他們是因為意外和生病死掉的，但我知道他們是被咒死的。接下來就輪到我了，如果老師不肯救我的話，我就只有死路一條了。拜託，請幫我祭改。」洋子苦苦哀求。

護摩火供燒得更旺了。

女助手嚇了一跳，腿都軟了。

「老師，不好了。火！」

櫂沉默了半晌。洋子死皮賴臉地不肯走。今天無論如何，一定要讓櫂幫她祭改。咦，怎麼隱約有聽到咻咻的聲音？

那會是什麼聲音？

護摩火供的火變小了。

權把臉轉向洋子，瞎了的眼睛睜得好大。一整個是白的，完全沒有黑眼珠的眼睛瞪著洋子。

「你都這麼說了，我就幫幫你吧。」

這句話讓洋子覺得自己得救了，接下來的驅魔才是最重要的。

「你準備一下。」權說道。

女助手簡短地應了聲「好」，轉而向洋子偷偷說道：「太好了。這下你有救了。」

權開始心無旁騖地唸唸有詞了起來。

「這是費用。」

助手拿寫有捐款金額的紙給她看。

上面寫著二十萬。

電話裡她有先問過價錢。對方說因為她是硬插隊預約進來的，所以收取的費用會比較高。若真能撿回一條命，二十萬也不算太貴。

「可以刷卡。」助手說。

「我付現。」洋子說。

又聽到咻咻的聲音了。

櫂好像在喊叫似的，不知在唸誦著什麼。不是般若心經，好像是某種咒語，反正洋子聽不懂啦。似乎已經進入靈魂出竅的狀態，只見櫂用力地數著念珠，裝模作樣地唸道：

「滾出去！這名女子跟你一點關係也沒有。我命令你從她的身體滾出去！」櫂大叫。

洋子屏氣凝神不敢妄動。

「你有冤無處訴？沒辦法投胎轉世？就算這樣，你也不能附在這名女子的身上。那裡不是你該待的地方，我勸你趕快離開。」

怎麼回事？洋子覺得哪裡怪怪的，感覺好假。洋子目不轉睛地看著櫂。前面那位客人不知怎麼樣了？心頭起了疑竇。如果他也是在這裡接受的祭改，照理說應該會經過洋子等候的那個房間才對，可是她並沒有看到有誰走過去。是因為她太緊張了，所以沒注意到嗎？大門那邊也沒有傳來開門的聲音，好像沒有人進出的樣子，難不成這裡還有別的出口？

「你趕快放這個女孩自由。」櫂繼續她誇張的祭改儀式。

櫂的白眼珠是真的嗎？乍見那雙眼睛的時候她是嚇了一跳，可有沒有可能那是裝出來的？比方說戴著白色的變色片什麼的。

不可以。她怎麼可以胡思亂想。她必須集中精神，必須相信櫂老師。網路上，人家的評價明明就很好。可是，網路上講的能夠完全相信嗎？疑惑出現在她的臉上。

之前，高中的學長開了家拉麵店，她和朋友去捧場過。上網查了一下，評價挺高的，所以她滿懷期待，可憑良心講，實在不怎麼好吃。評價會高，是因為學長拜託認識的朋友幫他在網路上貼文。所以只有少數人推薦的話，就算評價再高也不值得信賴。網路的訊息出乎意料的靠不住。眼前的靈媒不會也是如此吧？說什麼很難預約應該也是騙人的。電話預約從早上九點開始，洋子九點就打電話過來，千拜託萬拜託的，讓人一下就看穿她的弱點。權華麗的除魔儀式說不定只是演戲罷了。

護摩火供的火變小了。洋子看向火源，有一個金屬的突起物。瓦斯。原來它是靠瓦斯點燃的。所以，火的大小是可以調節的。

很可疑。這個靈媒師該不會是神棍吧？

掛在等候室牆上的鏡子，不會是可以從對面看到洋子模樣的雙面鏡吧？她們先觀察她等待的態度，再決定要用什麼話術跟她講。洋子不動聲色地偷偷往權的臉瞄去。好像。助手跟靈媒師長得好像。這兩人是母女，不過，也不能因為這樣，就說人家是神棍呀。

咻咻的聲音傳來，這是瓦斯洩出的聲音。

火力好像變強了，火跟著變大了。

咦？

那是什麼？大火中出現了女人的臉。這是怎麼弄的？也太神了。

曾幾何時，靈媒師的嘴不唱了。洋子把視線轉了回去，發現權老師跌坐在地上，原本看不到的眼睛睜得老大。

咦，你不是看不見嗎？洋子眉頭皺了起來，不過，下一秒她馬上發現了異狀。

站在呆坐原地的靈媒師身旁的助手，也是一臉驚恐。

「怎麼了？」

從法衣的下襬流出黃色的液體。靈媒師失禁了，這肯定不是演的。

是什麼讓她們那麼驚慌呢？

洋子順著靈媒師的視線看過去。熊熊大火左右搖擺著，裡面出現穿和服的女人。是遊女，是被斬殺的遊女的鬼魂。

咻咻的聲音好清楚，洋子感覺它就在自己的腳邊。瓦斯的臭味，瓦斯漏出來了。瞬間，洋子的身體被火焰給包圍住。

什麼啊？這是……

「救命……」她想叫，卻叫不出聲音來。好熱，身體燒起來了。得趕快逃！洋子用盡全力從火焰中逃了出來。

今天真不知是好運還是壞運，洋子覺得很混亂。眼看就要出車禍，卻在千鈞一髮之際閃過了。然後，是在祭改的時候碰到瓦斯外洩。雖然全身著火，卻還是讓她逃出來了。哼，這個靈媒果然是神棍。我要告她。

「咦？」

洋子的眼前，好像有什麼橫躺著。那物體倒臥在地上，像黑炭一樣正燃燒著。仔細一看，那不是洋子本人嗎？

「那是，我……」

雖然身體被燒到焦黑，但確實是洋子沒錯。三田村洋子被燒死的屍體倒臥在地板上。怎麼回事？我明明在這裡……我，已經死了嗎……？

她焦急地走來走去，可是助手和靈媒看也沒看她一眼，她們全盯著已經焦黑的洋子的屍首看。

「不要，為什麼會這樣？我不想死、我不要死。」洋子想要講話，卻發不出聲音來。

「救命、救命……」

剎那間，周圍的世界為黑暗所覆蓋。

「不要啊……」洋子大聲尖叫，可是她的聲音誰也沒聽到。

第4章　三個人

1

涼介感到一團黑影靠近，然後便醒了。他躺在自己房間的床上，自從知道遭受遊女淵的詛咒後，他就沒踏出這三坪大的房間過。打工辭了，也不去玩樂，整天待在這裡，深居簡出。他在牆壁、天花板、門、地板上貼滿了符，佈置結界，想說這樣就安全了。可是，似乎沒什麼效果，身體動彈不得。被鬼壓床了。

黑影緩緩飄動。

是洋子嗎？他想說話，卻發不出聲音。轉動眼珠子，他看到一個黑炭似的人。她被燒得體無完膚，全身焦黑，眼神空洞，一點都沒有生前貌美的樣子，可是就算這樣，他還是知道她就是洋子。昨天，她去找靈媒，遇到瓦斯外洩事故不幸身亡了。她是被燒死的，祭改根本就沒用嘛。靈媒師的祭改都沒效的話，那他在這房間裡貼的符，也不過是普通的紙片罷了。涼介的視線緊緊地盯在洋子身上，就算他想移開也移不開。洋子來做死亡宣告了，秋男和真由、龍太、智美死之前，都說曾夢見死者，被點名宣判：「接下來就輪到你了。」這件事倒是沒聽洋子說過，不過，她應該也有類似的經驗。

渾身燒焦的洋子，輕輕舉起手，指著無法動彈的涼介。

「接下來，就輪到涼介你了。」

不帶感情的冰冷聲音，在耳邊迴盪著。

逃不掉了，連聰明機智的洋子都無法得救了，更何況是膽小又沒用的涼介呢？死定了，幾天前想都沒想過的死亡，頓時已經迫在眉睫。

2

洋子成了第七名犧牲者。她的死，跟其他人的死很不一樣。從玲子開始到龍太的這五個人，都是在不知自己被詛咒的情況下死掉的。第六個是智美，她是因為受不了詛咒的恐怖才自殺的。可是，洋子她已經知道自己被詛咒了，也很積極地去防範了，雖然事後證實沒有成功。她的死意味著，沒有人可以逃過被咒死的命運。而且，雪上加霜的是，當雅也和奈央把暑期集訓的ＤＶＤ又看了一遍後發現，洋子的頭不見了，白影轉到了涼介身上，下一個是涼介。

「可惡，我的推斷完全錯誤，真糟糕……這下真的是束手無策了。」雅也沮喪地說道。

「難道你還在懷疑涼介嗎？」

「是啊。我不管他是用了什麼花招，但我衷心希望那傢伙就是下咒的兇手。這樣至少當有如死神的白影跑到奈央和我身上時，我可以想盡辦法讓他招，要他把解除咒語的方法說出來，可是現在……」

下咒的人並非涼介。找不到兇手，去祭改也沒有用。死神找上他們兩個，是遲早的事。

「到底是誰對我們下了詛咒？」

奈央斜眼看著抱頭苦思的雅也。

「對雅也，你也不能完全相信喔。」洋子的話閃過腦海。

「那雅也你也做得到，不是嗎？」涼介曾那麼說過。

同好會的成員只剩三人活著，如果把已經被詛咒的涼介排除在外，剩下的就只有雅也和奈央。奈央自己沒有下詛咒，這麼說的話，兇手是雅也了……？

「不是我。」莫非他會讀心術？雅也說道。

「咦？」

「你不用否認。我要不是因為你是弱女子的話，也會懷疑你的。」

「你誤會了，我才沒有懷疑雅也……」

「我都說沒關係了。」

「我真的沒有懷疑雅也，你是我唯一信賴的人。」奈央語氣認真地說道。說完全沒有懷疑雅也是騙人的，可是她就是相信正直的他。不，是她想相信，如今，她能相信的也只有他了。

氣氛變得很尷尬，兩人都沒有說話。打破沉默的是手機的來電鈴聲，雅也的手機響了，他看向螢幕上顯示的號碼，略偏著頭。

「怎麼了？」奈央問。

「陌生的來電號碼，會是誰呢？」

接起電話的雅也，一聽到對方報的姓名，馬上瞪大眼睛，說道：「咦，你怎麼會有我的電話？」

是誰打來的呢？奈央在旁邊豎起耳朵聽，卻聽不太清楚。

「……是。……我了解。……她現在跟我在一起……」

雅也說「她現在跟我在一起」，也就是說，對方是他倆都認識的人。

「……我們這就過去。」說完，雅也把電話掛了。

「誰打來的？」奈央問。

「民俗學的八木教授。他說關於遊女淵的詛咒，有話要當面跟我們講。」

「你跟那位教授一直有在聯絡？」

「沒有，是他突然打電話過來，也不曉得他是怎麼知道我的電話號碼的。反正，他說有重要的事要講，要你跟我一起去研究室找他。」

「他不會只是要找人閒聊吧？」

「現在這種狀況能夠給我們意見的，也只有八木教授了。他的話，說不定會知道破解詛咒的方法，反正我們去一下又沒有損失。」

「也對。」那個怪裡怪氣的教授，也許知道些什麼。

抱著些許的期待，兩人前往教授的研究室。去之前，雅也打了通電話給涼介。如果放著他不管，說不定他會像智美一樣跑去自殺。他不像洋子有勇氣跟詛咒對決，想必此刻，他正躲在貼滿靈符的房間裡瑟瑟發抖吧？

涼介馬上就接了起來。

「雅也，救救我。」涼介劈頭就講。

「放心吧，我或許會找到破解詛咒的方法。」

「真的嗎?!」那聲音大到連一旁的奈央都聽到了。

「現在我要去見大學教民俗學的教授。那個人說不定會知道破解的方法。所以，你絕對不可以自殺喔。」

雅也清楚說出「不可以自殺」，與其用暗示的，還不如直接命令會比較好，這是他的判斷。看到雅也認真的態度，奈央已經有了覺悟。就算被雅也騙，她也認了，她要完全相信自己喜歡的人。

八木教授的研究室還是一樣髒亂，如果這裡乾淨一點的話，或許奈央對教授的印象就會改觀了。只可惜，做研究的人，根本就不在意別人對自己的看法。

「臨時叫你們來，真是過意不去。」八木以一貫的客氣口吻說道。

他又用髒杯子倒麥茶請他們喝，可是今天不只奈央沒喝，就連雅也也沒碰一下，現在可不是喝麥茶的時候。

「關於遊女淵的詛咒，您是不是知道什麼？」雅也開門見山地問。

「不好意思，我有先調查了一下你們的事，你們是香坂雅也同學和水野奈央小姐吧？」八木故意岔開話題地說道。

時間正一分一秒地流逝。奈央也好，雅也也罷，都想盡快知道有關詛咒的新情報。

「哎呀，我嚇了一大跳。沒想到真的有這種事，我還是第一次接觸到這樣的研究。你們，被詛咒了是嗎？」

如此說道的八木，把一疊剪報攤放在桌上。從洋子被燒死的報導，到最舊的去年年底玲子出車禍的新聞都有。

「鷲尾玲子、山本哲平、田中秋男、佐藤真由、永倉龍太、森下智美、三田村洋子……這幾位都是你們的同學？」

奈央和雅也遭受詛咒的事，八木似乎已經察覺到。

「太令人震驚了。二十歲的年輕人有七個死掉，大家還都是同學。而且，除了鷲尾玲子以外，其他幾人都是這幾日去世的。生病、意外、自殺，每個人的死法都沒有任何疑點，所以警方也不會去調查。這七個人的共同點就只有都是同學而已，太奇怪了，肯定哪裡有問題。照我的推斷，你們應該是跑去遊女淵受到了詛咒，所以你們才會對那裡展開調查。我說的對吧？」

「教授，你不是說詛咒不可能發生嗎？」雅也說。

「我說過嗎？」八木裝傻。

「你說過。」

「那我現在更正。原則上不可能發生，不過不代表絕對不可能發生。所以你們是哪一種？」

「我們是不代表絕對不可能的那一種。」

「果然。」八木見獵心喜地猛點頭。看他那樣，奈央露出不屑的神情。

「我的直覺還是很敏銳的，調查能力也不賴。光靠網路和報紙，就能推理出十之八九，簡直比名偵探還神。」

「希望你能救救我們。」雅也說。

「你的心情我懂。不過，事情還是要照順序來。首先，你們要把發生了什麼事一五一十地告訴我。」

「也對。」雅也按捺住焦急的心情，將至今發生的事娓娓道來。

「我們是在前年的暑假去到那邊的。想說要在高中生活的最後一年留下美好的回憶，我們一群同學前往山梨縣的塩川村，舉辦網球同好會的集訓。」

「原來如此。」八木隨聲附和道。

雅也把暑期集訓第二天的傍晚前往遊女淵探險的事；去年年底鷲尾玲子死於車禍意外的事；還有這陣子以來，從山本哲平死於心臟衰竭開始，去探險的伙伴一一死掉的事；以及集訓時拍的DVD的影像，死掉的人頭會不見，而下一個死掉的人則有像死神的白影跟著的事全講了出來。

「昨天去世的洋子為了擺脫詛咒，特地去找人祭改。可是還是沒用。」奈央補充道。

一直專心聽著的八木，臉上的笑容消失了，變得無比嚴肅。這才是他的真面目吧？平常為了給人好印象，他總是笑瞇瞇的，勉強自己擠出笑容。

「教授說的沒錯，我們是被詛咒了。」

「……嗯，看來是那樣。」

「我上網查過也翻了書，發現去到那裡，是有人出車禍或拍到靈異照片什麼的，但從來沒有人像我們這樣，被詛咒還死掉的。」

八木一邊聽，一邊「嗯、嗯」地頻點頭。

「為什麼只有我們會被詛咒呢？又是誰做了啟動詛咒的儀式？」

「我也是這樣想，到底是誰做了那個儀式呢？」

「可是，不是說照網路上流傳的方法去做，是不會啟動詛咒的嗎？」

「那個是不會啟動詛咒的，我向你保證。」八木說。
「為什麼您說得那麼肯定？」
雅也問，只見八木露出神秘兮兮的笑容。
「莫非，你親自實驗過了？」
面對奈央的質問，八木面無表情地點點頭。
「我拜託學生，按照網路在傳的順序，把我的名字和頭髮放水流。然後，我自己還過了橋。可是，什麼都沒有發生。我好得很，活跳跳地在你們面前。我在想，肯定少了哪個步驟。」
奈央和雅也被這個冒失鬼教授給嚇到一句話也說不出來。
「肯定有人用我不知道的方法對你們下了詛咒。那個人是誰，你們知道嗎？」
「不知道。」雅也回答。犯人的搜查一直很不順利。
「教授說有重要的事要跟我們講，所以才叫我們來。請問是什麼事？」
「我多方調查，發現你們很有可能是被詛咒了，所以我迫切地想找你們聊，於是便打了電話。」
「就只是這樣嗎？」奈央的聲音大了起來。
「如果你們知道是誰下的詛咒的話，請務必介紹他跟我認識。」
「你是為了研究才找我們來？」連雅也的聲音都隱含著怒氣了。

「是啊，要不然咧？」

「所以你根本就不知道破解的方法？」奈央問。

「我連下詛咒的方法都不知道了，怎麼會知道破解的方法？」

白跑一趟。比雅也他們更早展開調查的大學教授，什麼都不知道，雅也他們根本就別想指望他。

奈央和雅也當場傻眼。

「我又沒有受到詛咒，沒有必要一定要把破解的方法找出來。可是你們就不一樣了，請你們務必把那個方法找出來。如果可以的話，連下咒的方法也一起會更好。我會答謝你們的，有什麼新發現的話，別忘了通知我喔。」

「我拒絕！」奈央想都沒想地答道。

「我們走吧，再待下去只是浪費時間。」

雅也和奈央站了起來，準備打道回府。

「詛咒如果真的存在的話，一定會有破解的方法的，請你們不要放棄。」八木說得輕巧。奈央察覺教授的態度有異，轉過頭去，

「難道，你曉得有誰知道那個方法嗎？」她問。

「我曉得呀。」聽到八木的回答，雅也也轉頭了。

「是誰？」奈央追問道。

「是……」八木欲言又止的，似乎想吊兩名年輕人的胃口。

「我們已經沒有時間了，請你別賣關子了好嗎？」雅也好像要撲上去似的衝到八木面前。

「知、知、知道了啦。我說、我說就是了，你不要那麼兇嘛。」

「到底是誰？誰有可能知道破解這個詛咒的方法？」

在雅也的威逼下，八木心不甘情不願地說了出來。

「塩川村的人。遊女淵的詛咒是在江戶時代，從那邊開始流傳的。那個村子的人，或許會知道破解詛咒的方法。……不過，我之前也說過了，那裡人口外移嚴重，現在還剩下多少人不得而知……」

「塩川村是嗎？那裡藏有解開詛咒秘密的鑰匙。」

雅也拉著奈央的手，離開了八木的研究室。

3

雅也開著車，沿著夜晚的北陸自動車道一路往西奔馳。雖然他跟奈央講說「你不用跟來」，可是不想一個人獨處的奈央還是跟來了。她騙外婆說要跟女性朋友一起去旅行，卻被外婆看出是要跟雅也出去，外婆還笑瞇瞇地跟她講說：「放心我不會跟你媽講的，你們好好去玩吧。」看來她是誤會大了。奈央沒有駕照，不能幫忙開車，只能坐在副駕駛座。反正到塩川村的路途很長，車上能有個人說話解解悶也是好的，只是，現在的雅也好像不需要？從長岡出來後，他就一路繃著臉，一句話也不說。

沉默讓奈央越來越感到不安，鄰座正在開車的香坂雅也，好像換了個人似的。奈央認識的雅也，總是那麼溫柔。可是這幾天，她卻看到了他許多不同的面向。像現在，他就好像在跟誰生氣似的臭著一張臉。

「我真是個笨蛋。」終於，雅也開口說話了。

「咦，什麼？」一時沒聽清楚的奈央反問道。

「我是說施咒的兇手，可能是我們料想不到的人。」

「你知道是誰了？」

「不，還不確定。不過，是有人很可疑。」

會是誰呢？奈央毫無頭緒。

「我太執著在動機上了。這世上，有人只是為了犯罪而犯罪，更有隨機殺人犯。不在同好會裡面的人，也有可能是兇手。和八木教授講完之後，我就想到那個人了。那個人的話，是有可能進行詛咒的儀式。」

「是誰？」

雅也先深吸一口氣後，再慎重地講出來：「是民宿的主人。」

「咦？」

有這麼一號人物嗎？怎麼她一點印象也沒有。

「他長什麼樣子？」

「六十歲左右，頭髮稀疏、背駝駝的，就一般的鄉下大叔，不會讓人有印象的那種。」

「我們做了什麼事，讓那個人對我們懷恨在心呢？」

「動機我不清楚。不過，他知道我們會去遊女淵，更有機會盜取名冊，把名冊和頭髮放水流的時間他也有。更何況，就像教授說的，熟悉詛咒的是當地人。他肯定是用了什麼其他人不知道的方法，對我們下了詛咒。」

「哲平會知道遊女淵的詛咒，好像也是民宿主人告訴他的。」

「兇手找到了。剩下的就是找出為什麼他要詛咒我們的原因，這個直接問本人會比較快。」

雅也用力踩下油門。車子往前衝了出去。

「我不能再讓任何一個人死掉了。」

好像被什麼附身似的，雅也猛踩油門，車速越來越快，奈央不禁害怕了起來。是有人一握到方向盤就會性格大變，但雅也應該不是那樣的人。她偷偷看向雅也，發現他的眼睛直勾勾地瞪著前方，感到不對勁的奈央在一旁規勸道：「沒必要那麼趕，要是發生車禍的話，就得不償失了。」可是，雅也絲毫沒有要減速的意思，再這樣下去就危險了。

「求求你，開慢一點！」

奈央大叫，可雅也根本沒聽到。

「雅也，你怎麼了？」奈央溫柔地碰觸他的肩膀。

瞬間，雅也的身體震了一下。

「開慢一點。」

「啊，對喔……」雅也把腳鬆開油門，他的額頭都出汗了。

「還好吧？」

「我也許是跟你在一起，才撿回了一條命。」說罷，雅也大大地吐了口氣。

經過休息站，雅也把車子停了下來，喝了罐咖啡，稍作休息。這時奈央發現手機裡有母親打來的來電紀錄。

「真是的，總挑人家不方便的時候打來。」

「怎麼了？」

「我媽打來的，我去講一下電話。」

奈央下了車，就著外面的路燈撥打電話。

「喂，媽？」

「奈央，你還在外婆那邊嗎？」

「唔，嗯……」她含糊地回答。

「我們已經回到神戶了，你隨時都可以回來。」

「我還想在外婆家多待幾天。」

「是喔？不可以太麻煩外婆喲。」

母親用一派悠閒的口吻說著話。

「我知道啦。對了，美國好玩嗎？」

「我去看了大聯盟，超帥的。現場看果然不一樣，外國人的爆發力和速度，日本根本沒得比。」

「媽你連日本的職棒都沒看過，怎麼知道哪裡不一樣了？」

「我就是知道。I-chi-roo（鈴木一朗）好帥喔。」

「I-chi-roo？他不是日本人嗎？」

不知為什麼，跟母親講著講著，她的眼淚就流了出來。

「怎麼了？」發現奈央聲音怪怪的母親問道。

「沒有，沒什麼。……只是有一點……」

「咦，你哭了嗎？是不是有什麼事？」

「你說什麼啊，我哪有哭，什麼事都沒有。」雖然拚命否認，但眼淚還是不爭氣地流了下來。

「該不會是想家了？」

「沒有啦。是我朋友，她就在我前面，故意逗我笑……」她笨拙地說著謊話。

「爸跟媽已經在神戶了，你隨時都可以回家。」母親溫柔地說道。

「好，謝謝，我再給你電話。」

掛斷電話後，奈央閉上眼睛，淚水沿著臉頰滑落。好想趕快回到爸媽身邊。笑著聊些有的沒的。

「你還好吧？」雅也出聲關心她。

「雅也……」奈央忍不住抱住他。

「別擔心，我一定會讓詛咒停止的。我、奈央還有涼介都會得救。」

「嗯，你說的沒錯，我們肯定能得救。」

「詛咒真的能殺死人嗎？我們只要去到塩川村，謎題就解開了。我想，民宿主人應該會知道解決的方法。」

雅也溫柔地緊緊擁著奈央。

回到車上後，雅也給涼介打了電話。

「詛咒的謎團很快就能解開了，不過，涼介你自己也要當心。」雅也說。

「拜託快一點，靈符一點用也沒有。」

「再等我一下，明天晚上，你就能安心睡覺了。所以，你一定要撐下去。」

「你叫我撐下去……我要怎樣……」

收訊狀態不佳，涼介的聲音越來越小。看向螢幕上代表手機訊號的天線，明明還有三格的。

「喂喂……」雅也對著電話那頭大喊。

「……雅也，你那邊的收訊……很差……好像……」涼介的聲音斷斷續續的。

「明天早上，我再打給你，你自己要小心。」說完，雅也把電話掛了。

「收訊狀態不好嗎？」奈央問。

「好像是。」

奈央想起她跟哲平講電話的時候，當時手機的收訊狀態也是很不好。雅也打給龍太的時候，手機也是一直都不通。

「涼介有危險了。」奈央說。

「我知道。手機的訊號很差，是靈異現象。」

「那你剛才怎麼？」

「現在我們能做的，就是讓涼介安心，還有早點把詛咒解開。我們在這裡替他緊張，只會把他逼上絕路。」

「對喔，你說的對。」

窮緊張的下場，只會製造出智美第二。說什麼都不能讓他重蹈智美的覆轍，自我毀滅也是很恐怖的。

奈央和雅也在清晨抵達了塩川村。雖然擔心涼介的安危，雅也卻沒再打電話。因為他認為沒有解決方法，純粹只是問安的話，恐怕也會造成涼介的困擾。村子裡很荒涼，雖然八木教授說再過個十年就會廢村了，但現在已經一片死寂。車子沿路開過去，沒看到半個人，只看到老舊腐朽的空屋。雅也把車開到前年暑期集訓他們住的民宿「戶部」的前面，停了下來。

「可惡，虧我們大老遠跑來！」雅也無語問蒼天。

民宿的入口被人用木板封死了，民宿已經歇業了。這下上那兒找民宿主人問詛咒的事呢？

4

奈央和雅也等塩川村的村公所開門後，走了進去。

在服務台，他們表明說想知道之前住過的民宿「戶部」的老闆到哪裡去了，結果反被中年的職員問：「你們跟戶部先生，是什麼關係？」

「前年暑假我們在那裡辦了營隊，受到戶部先生很大的照顧，今天剛好到附近來，想說要跟他道個謝。不過，民宿好像歇業了，所以我們才跑來這裡問。」雅也臉不紅、氣不喘地說道。

「喔，是那麼回事。」

「他該不會已經去世了吧？」奈央從旁插話道。

「他還健在，民宿雖然已經歇業，但他還住在裡面。」職員告訴他們。

「可是，入口都用木板釘起來了。」

「他都從後門進出。」

「這樣啊，謝謝你。」

雅也連忙道謝。幸好有下車，在附近轉一轉，否則就白跑一趟了。

「聽說遊女淵的詛咒，很有名是嗎？」奈央若無其事地問道，公所的人說不定知道些什麼。

「嗯，以前似乎很有名，不過，最近幾乎沒什麼人來了。之前還有電視台來採訪過，不過，鄉下地方嘛，風頭過了也就被遺忘了。」

「是不是有什麼當地人才知道的秘辛？」奈央進一步問道。

「不清楚欸。……不過，年紀大的人可能曉得也不一定。對了，民宿的戶部先生，也許他就知道。」

「這樣啊，謝謝你。」

奈央說完後，跟雅也一起離開了公所。

「你很會打聽喔。說不定比起導演，你更適合當警察。」雅也打趣道。

「少來了。我可是很擔心他會罵我，說我很無聊什麼的，一顆心七上八下的。」

「沒有大叔會捨得對你生氣的。」

「你什麼意思？」

「意思是說你一看就是個純真可愛的小姑娘，這是稱讚。」

奈央和雅也回到車上，朝民宿前進。

把車子停在民宿前面，雅也和奈央繞到了房子的後面。公所職員說的沒錯，真的有後門。按了門鈴，沒有人回應，好像不在家的樣子。

「他真的還住在裡面嗎？」奈央說出心裡的疑惑。

這房子破的就像是廢墟。

突然，雅也的手機響起，是涼介打來的。

「這一定得接。」雅也喃喃自語地接起電話。

「喂……」

「雅也，怎樣……還沒……詛咒……嗎？」涼介發抖的聲音斷斷續續地從電話那頭傳來。

「還沒。再等我一下下。」

「……真的有……詛咒……吧？」

「詛咒會解開的，所以，你再等我一下下。」

涼介在說什麼他聽得不是很清楚，所以只能自顧自地說道：

「你乖乖待在房間裡不要亂跑，我一定會找到破解詛咒的方法的。」

說完後，雅也把電話掛了。

「接下來要怎麼辦？」奈央問。

「在這裡等當然也行，不過，我們還是去村子裡打聽一下吧。」

奈央和雅也開車把村子繞了一圈。大中午的，村子裡竟然半個人也沒有。

「都來了，我們去遊女淵看看吧？」雅也說。

「為什麼？」

「一切都是從那裡開始的，所以，我想要去看個仔細。還有，解說牌上寫的典故我也想要認真地讀一遍。」

「不是都跟書上寫的一樣嗎？」奈央很怕去到那裡。

「你要不要先到哪裡等我？」

「這種地方，我不要一個人待在這裡等。算了，我跟你一起去。」奈央嘟起了嘴。

靈異場所已經有訪客先到了，國道旁的空地上停了台小貨車。

「雅也，這台車。」

「嗯。」

這台車他有印象，是民宿「戶部」的車。奈央和雅也下了車後，四處看了一下，沒看到戶部的人影。

「他該不會去那裡了吧？」奈央說。

「走，去看看。」

奈央和雅也沿著山中小路，往遊女淵走去。比起前年，草長得更茂盛，路變得更小了。就像公所職員講的，這裡是被人遺忘的靈異場所。無處宣洩的負面能量，今後將怎麼樣呢？奈央忍不住擔心了起來。

「河對面有人。」雅也說。

兩人沒有走吊橋，改從右側的坡道下到河床。有一個人正往河裡丟擲鮮花。正是民宿的老闆，戶部謙次郎。

「你好。」

聽到雅也的叫喚，戶部連忙把曬得黝黑的圓臉轉了過來。

「敝姓香坂，前年夏天我們一夥兒十個人住過您的民宿。我有些事想向您請教。」

「喔，是那個時候的學生。」戶部露出親切的笑容說道。

5

奈央和雅也隨著戶部回到民宿「戶部」。他們從後門進去，已經歇業的民宿不但荒涼，還散發出一股黴臭味。穿過長長的走廊，他們來到如今已經不再使用的會客室。老舊的日本人偶、介子娃娃、古董掛鐘，以及牆上貼著的已經褪色的風景照片。明明這是他們前年才住過的建築物，可是已經除役的旅館似乎不想再接待客人似的，索性破個徹底。

「雖然這裡已經不是民宿了，但我都有在打掃，一點也不髒。」很久沒有訪客來，戶部似乎很高興，一直笑瞇瞇的。

「民宿關了以後，你都一直住在這裡嗎？」奈央問。

「我都這個歲數了，家人也都不在了，只能一個人住在這裡。」

這麼和藹的老人，有可能向奈央他們下詛咒嗎？雖然人不可貌相，但他不像是會向素不相識的高中生施咒的人。

「我們已經沒有時間了。」雅也說。戶部聽到後，「沒有時間？」不解地偏著頭。

「不瞞你說，我們是為了請教遊女淵的詛咒才來拜訪您的。」

「所以，你們就為了那個，特地從長岡跑來？」

表情一直很鎮定的戶部，眉頭皺了起來。

「我們，被人詛咒了。」奈央說。

「咦，你說什麼？」戶部的聲音在顫抖。

「前年，來這裡玩的十個人，已經有七個人死掉了。意外、生病、自殺，每個人的死因都不一樣。由於完全沒有疑點，所以警方也就不會展開調查。可是，我知道，他們都是被詛咒害死的。」雅也說。

「詛咒？說什麼傻話？太可笑了。你大老遠地跑來，該不會只是為了說這種話刺激我吧？」

矢口否認的戶部，並沒有下逐客令的意思，他好像還想繼續聽奈央他們說下去。這個人肯定知道些什麼，奈央有這樣的直覺。

「你說你們被詛咒了，有證據嗎？」

「我有前年在遊女淵拍的DVD，我去拿給你看？」

戶部認真地想了一下，答說：「好啊。」

雅也回到車上，拿了DVD過來。三人利用會客室的電視，看了暑期集訓的DVD。戶部屏氣凝神地觀看哲平和龍太的頭消失的影像。

「以前，不是這個樣子的，大家被拍到的影像都很正常。你看，死掉的人頭會消失。然後，下一個被鎖定的人是……」

看到圍繞在涼介身邊的白影時，戶部嚇到幾乎快暈過去。

「這種東西我不是很瞭解，可是，有沒有可能是你們弄出來的？」把DVD一整個看完後，戶部緩緩說道。

「我保證絕對沒有加工，請相信我。」奈央說。

「是嗎？所以詛咒還存在著……」戶部意味深長地說道。

「我們，確實是被詛咒了。如果您知道什麼的話，請告訴我，請救救我們。」奈央乞求道。

「你說已經有幾個人死掉了？」戶部低聲問道。

「七個人。」雅也回答。

「來這裡玩的十個人，已經有七個死掉了是嗎？」說罷，戶部輪流看向奈央和雅也的臉。

「還有一個人呢？」他問。

「他在長岡，就是被白影纏上的涼介，下一個有危險的就是他。所以，我叫他待在家裡不要出來。」

雅也解釋說，在DVD影像裡被白影纏上的人都陸續死掉了。

「那些白影，應該是在那裡被斬殺的遊女的冤魂吧？」戶部說。

渾身是血，站在遊女淵河灘上的女人們。奈央曾看到那樣的幻影。

「對我們下詛咒的，是不是老伯您？」奈央用顫抖的聲音問道。

「啥？」這問題太叫人意外了，戶部猛翻白眼。

「我們想不到有其他人選。」雅也補充道。

「我才不會幹那種事。」戶部搖了搖頭。

「真的嗎？」

「沒有騙你，我沒對人下過詛咒。」戶部斬釘截鐵地說道。

「可是……肯定有人下了詛咒。不是你的話，會是誰呢？」雅也沒那麼容易被打發。

「你們，是不是被誰給怨恨了？」

就是不知道啊。

可能在奈央他們不知情的情況下，同好會的成員被人給怨恨了，所以，不能說絕對沒有。正當奈央不知該怎麼回答的時候——

「就我們所知，我們並沒有被誰給怨恨。」雅也說。

「那你們怎麼會被詛咒呢？這不是太奇怪了嗎？」

「我們就是不知道是誰下的詛咒。如果知道的話，說不定就能查明原因了。不過，就算用我們所知的方法去試，詛咒也是不會發生的。有人真的去試了，他說什麼事都沒有發生。」

「你是說大學民俗學的教授吧？」

「您認識八木教授？」

經他一問，戶部點點頭。

「詛咒的事傳開後，那名教授為了查明真相，跑來這裡住，四處向村民打聽。不過，知道習俗的人已經不在了，他似乎很困擾。關於讓詛咒生效的方法，你們是從他那裡聽來的吧？」

「是的。」

「他講的不對。那是我編出來的。」

出乎意料的事實，讓奈央和雅也講不出話來。

「我怕有人知道遊女淵詛咒的真相後會如法炮製，不得已才騙他的。」

「所以，真的有方法能讓詛咒生效囉？」雅也特地強調「有」這個字。

「有的。話說回來了，謠言這東西還真是可怕。那個方法從以前就在這個地方流傳，村裡的長輩一直告誡我們不可以跟外面的人講，也不知道是怎麼洩漏出去的。」

「可是，那個方法是哪裡不對了？」

「與其說不對，應該說是少了一個步驟。那個教授好像快查到了，所以我才會另外編個故事騙他。對了，你跟我講你們那些朋友都是怎麼去世的，這樣我就能知道是誰下的詛咒。」

「你確定？」奈央驚呼出聲，至於雅也則是半信半疑地看著老人，不過，他還是把事情的原委說了出來。

「最先往生的是鷲尾玲子。她是在去年開車的時候，車速過快，來不及轉彎，撞上了山壁，當場死亡。接著是兩個禮拜前，山本哲平在車子裡過世，死因是心臟衰竭。然後就接二連三了，兩天後，田中秋男和佐藤真由落海溺死。沒多久，永倉龍太也墜崖身亡。然後……」雅也把七人死亡的時間和情況都講了出來。

「嗯、嗯……」戶部一邊點頭一邊聽著，等雅也終於說完後——

「我已經知道下詛咒的人是誰了。」他說。

「是誰？」奈央連忙問道。

「是最先往生的鷲尾玲子。」

這個答案，似乎無法完全取信於奈央和雅也。為什麼他說玲子是兇手呢？可有何證據？或許是感覺到他們心中的疑惑，戶部接著說下去：

「這個詛咒的秘密，說什麼都不能讓世人知道。遭到誤用的話就麻煩大了。所以我才會說謊騙那個教授，他一看就知道是個大嘴巴。不過，你們應該有知道真相的權利……言歸正傳，我們就從江戶時代死去的少女說起吧。」

「你是說因同情被斬殺的遊女而放流精靈船的少女嗎？」雅也問。

「那是我編給教授聽的。」戶部說道，接著便把只有這個地方的人才知道的真實典故說了出來。

江戶時代，跟著雙親從外地搬來的少女，受到村裡人的欺凌。在民風封閉的鄉下村落，無處可逃的少女，帶著對欺凌自己的人的怨恨，跳遊女淵的河自殺了。結果，幾天後，欺凌少女的那些人，莫名其妙地一個接著一個死掉。死亡的人數，剛好跟被武田軍殺害的遊女一樣是八個人。村裡開始傳說，少女借用了遊女的怨念，展開了報復。以上所說的，才是喚醒怨念使詛咒生效的原始典故。

「換句話說，要使詛咒生效，必須獻上施咒者本人的性命。想要消除怨恨，必須拿命來換。鷲尾玲子依照傳言所說的，對你們下了詛咒。平常的話，就算那樣做，也能什麼事都沒發生地結束，偏偏她出車禍死掉了。於是，詛咒就生效了。」

「所以，詛咒是因為偶然的意外才開始的。」奈央自言自語地說道。

「也不能完全這樣講。只是碰巧死掉，詛咒是不會生效的，必須還要有很強的恨意才行。所以，一開始我才會問說，你們是不是被誰給怨恨了。」

「玲子她，怎麼可能怨恨我們……」奈央百思不解，她向雅也投去尋求認同的視線，卻見他若有所思地沉著臉，那是知道些什麼的臉。

「這個村子，以前也曾發生過類似的事件，好幾個人死於非命。不過，那是我出生前發生的，詳細情形我並不清楚。」

「那次總共死了幾個人？」雅也問。

「據長輩所說，跟遊女一樣是八個人。下在你們身上的詛咒，應該也只要再一個人就結束了。」

奈央和雅也面面相覷。再一個人就結束的話，那涼介是最後一個。奈央和雅也，說不定可以逃過詛咒。

「受到詛咒的人，可有什麼逃脫的方法？」奈央問。

「有的，但是不是真能逃得過，我也不是很確定，畢竟對手是詛咒呀。」戶部答。

「請告訴我方法。」奈央說道，這時雅也馬上阻止她，說：「不，等一下。」

「雅也，怎麼了？」

「如果，某個人逃過了，那詛咒會不會回到其他人身上？」雅也向戶部問道。如果涼介逃過詛咒，最後一個要死的人變成其他人的話，那奈央或雅也不就遭殃了？

「這都是前人流傳下來的，也就是口耳相傳。要怎樣才會被詛咒，怎樣才能逃脫，都不是百分之百確定。」

「奈央，要怎麼辦？」雅也問。

如果用戶部教的方法救了涼介，卻換奈央或雅也遭殃的話，一切就沒有意義了。說不定涼介的死真能讓詛咒結束？那雅也他們就安全了。可是，奈央不喜歡那樣。

「我要三個人一起救。雅也，你不是說不會再讓任何人死掉嗎？」說完，她轉身向戶部詢問避開詛咒的方法。

「相傳受到遊女淵詛咒的人，可以找一個替身代替。」

「你是說找替身嗎？」奈央反問。光是那樣，她還是不清楚該怎麼做。

「被詛咒者，可以把身邊親近者殺掉，放流到那條河裡。」

「什麼？」奈央說不出話來。

「那還不是一樣都要有人死，只是換了人？」雅也抗議道。

「不一定要人類。這村裡的人，為了以防萬一，都會養個貓啊狗的。」

「難道……」雅也問，戶部點了點頭。

「為了預防哪天被詛咒，所以先把牠們養起來當作替身是嗎？」雅也的語氣很尖銳，但戶部一點都不在意。

「也許你們會認為很殘忍，但為了活下去，那也是沒辦法的事。」

他曾做過，戶部曾用這個方法擺脫了詛咒。看著冷靜說話的他，奈央如此感覺到。

「前年，我們住在這裡的時候，你養的那條狗，牠怎麼樣了？」

被奈央一問，戶部露出悲傷的神情。

他把那條狗殺了。回到這裡之前，戶部正往遊女淵的河裡投擲鮮花，他是在獻花。

「可以再問你最後一個問題嗎？」奈央向戶部詢問道。

「什麼問題？」

「如果詛咒是因為玲子的死才啟動的，那為何下一個死的哲平，會間隔七個月才出事呢？這有什麼理由嗎？」

「這個嘛。」說罷，戶部稍微思考了一下，「我不知道。這是詛咒，不會有什麼清楚的規則。那個叫哲平的死掉的時候，是不是有什麼特殊的事發生？」
唯一想得到的，就只有奈央回到長岡這件事。
「因為開同學會，大家聚在了一起。」
「原來如此，或許那就是原因。全員到齊，於是詛咒便發動了。」
「怎麼會……」
奈央不要回來就好了，那樣的話，說不定大家還活著。
「我言盡於此。這個村子就要消失了，知道這個典故的人也都不在了。我想，你們應該是最後聽到這番話的人，我打算把這個故事帶進墳墓裡。可是，這是什麼因果呢？竟然是我來跟你們講這些。……我的祖先，是武田家的家臣，我一直覺得自己背負著先人所犯的罪孽。今天能說給你們這些晚輩聽，我算是解脫了。接下來，就看老天爺要如何安排了，我已經累了。」戶部說罷，緊緊地閉上了眼睛。

6

離開民宿的雅也把電腦放回車上後，立刻從口袋裡掏出手機。
「你要打電話給涼介？」一旁的奈央問道。
「既然已經知道擺脫詛咒的方法，就要趕緊通知他。」

「可是，替身要上哪兒找？」

「那……那不是我們該擔心的事。」

「是那隻黑貓吧……」

涼介很疼那隻叫六藏的黑貓，六藏雖然是一隻貓，卻像忠犬一樣護衛著涼介。

「應該是吧。」

「真殘忍。」奈央落寞地說道。

「能怎麼辦？難道你希望涼介死掉？」

「我當然不希望……」

「還是別打了？」雅也故意不看奈央地說道。

「幹嘛，你什麼意思？」奈央質問道。

「我們不要告訴他擺脫詛咒的方法。」

「你是認真的嗎？」

「民宿主人說了，只要死八個人詛咒就結束了。被咒死的人，會跟死掉的遊女一樣是八個人。涼介如果得救的話，說不定那第八個人就會變成我或是奈央了。」

「話是沒錯……」奈央當然不想被詛咒。可是，也不能因為這樣，就不告訴朋友可以得救的方法呀。

「要怎麼辦？」雅也問。

雖然會有危險，但她不能對涼介見死不救。

「打吧。雖然我也很害怕接下來會發生的事，但現在能救涼介就先救他吧。」奈央語氣堅決地說道。

「我就知道你會這麼說。」

雅也拿起手機打算撥電話，卻停下了動作。螢幕上顯現的天線不到一格，訊號十分微弱。

「怎麼了？」

「收訊很差。」

「要不回到民宿，跟他借個電話？」

「不，可能車子跑一跑就好了。」

雅也和奈央坐上了車。

他們開著車在塩川村裡繞，奇怪的是，不管他們再怎麼繞，收訊的狀態都很差。訊號始終很微弱，不到一格，也找不到公用電話。雅也加速前進，想說要找一個收訊比較好的地方。

「怎樣？」雅也問正在查看手機的奈央。

「不行，變沒有服務了。」奈央說。

「我們再跑一下看看。」

幾分鐘後，兩人闖進了杳無人煙的深山裡。

「雅也，這裡是哪裡？」

「這裡是……」雅也沉吟道。

他們迷路了。太陽就要下山了，周圍開始變暗，不管車子再怎麼走，都好像在深山裡繞。路沒有變寬也沒有變窄，同樣的風景不斷地往前延伸。沿路上他們沒有碰到半台車，也沒看到半個人，簡直就像是進入了陰陽魔界，在宛如莫比烏斯帶的山路上跑著。

「真是怪了。」

再這樣開下去也不是辦法，於是雅也停下車，走到外面，路的兩旁是蓊鬱的森林。不可能用走的穿過這片森林，在什麼裝備都沒有的情況下，貿然進入森林，就算是夏天也會有危險。

「我們好像一直在同樣的地方繞。」奈央跟著走下車。

「手機還是不能打嗎？」雅也問。

奈央查看手機的收訊狀態，螢幕上顯示「沒有服務」。

「還是不行。」

「這樣，也只能繼續開下去了。」

雅也和奈央回到車上。

「總會開到國道上的。」雅也踩下油門說道。

可是，不管再怎麼開，窗外的風景依舊沒變，手機還是「沒有服務」。

望著黑漆漆的森林，奈央自語道：「也許，兇手真的是玲子……」

「怎麼說？」雅也聽到了。

「什麼？」奈央正在恍神。

「你剛剛不是說，兇手有可能是玲子嗎？」

「是啊……」奈央曖昧地回答。

「什麼意思？」雅也尖銳地提問。

「是民宿老闆說的，他說下詛咒的人是玲子對吧？」

「是啊。其實，我也有注意到玲子死亡的日期跟其他人的隔很遠。可是，她應該沒有機會可以把名冊和頭髮放水流才對。」

「她有，她有機會。」

「咦？」雅也嚇了一跳。

「我們把事情想得太複雜了，如果只是把名冊和頭髮放水流的話，玲子是有機會做到的。」

「難不成，她半夜還從民宿偷跑出去？」

「不是。你還記得大家去遊女淵時候的事嗎？她說她不敢過去，要在橋這邊等我們回來。」

那件事雅也也有印象，所以，ＤＶＤ裡很少出現玲子的畫面。

「對喔。所以當大家過了橋，在山裡面走的時候，就只剩玲子一個人。」

「所以從橋中央把名冊和頭髮丟到河裡面，她是可以辦到的。此外，玲子不是和哲平在交往嗎？那間民宿說不定也是玲子建議，哲平才去訂的。」

「遊女淵的事也是從玲子那裡聽來的，他卻說是民宿老闆告訴他的。正好碰到我們閒得發慌，他便鼓動大家去探險，一切都是玲子計畫好的。」

「可是，動機不是很明確。」奈央說。

「那是……」雅也話講到一半。

「怎麼了？」

「不，沒什麼，民宿主人說的好像是真的。所以，擺脫詛咒的方法應該也是正確的。」雅也說。

是那樣嗎？疑問閃過奈央的心頭。古代流傳下來的詛咒到底哪些是正確的，哪些是不正確的，沒有人可以知道。說穿了，不過是口耳相傳的謠言罷了。

「話說回來了，我們要一直開下去嗎？」

已經開了兩個多小時了，他們還在山路上繞。

「我們該不會是鬼打牆了？」

「咦，鬼打牆？」

「是啊，聽說傍晚玩捉迷藏的話，會真的失蹤，可能是魔神仔之類的在搞怪。」

「你是說，我們遇到魔神仔了？」

「鬼打牆什麼的，都只是傳說。」

「可是，太奇怪了。我們好像已經在同一條路上繞好幾個小時了，手機的訊號也一直不通，太奇怪了。」

「……情況恐怕不妙。」說罷，雅也沉思了一下。

「雅也，怎麼了？」

「我們去過了塩川村。」

「那又怎麼了？」

「八木教授說了，那邊聚集了被殺害的遊女的怨念，有很強的負面能量。我們都已經被詛咒了，還大搖大擺地跑去，簡直是飛蛾撲火。她們沒那麼容易放我們走，我們恐怕是鬼打牆了。」

雅也將車速放慢，朝道路兩旁的蓊鬱森林望去。

「那現在要怎麼辦？」

「小時候，我聽爺爺講過他在打仗時遇到的奇妙經驗。」

突然雅也開始講起祖父經歷過的事。

「在東南亞打戰的時候，爺爺因為受傷被拋在隊伍的後面。他心想一定要追上才行，拚命地走著，可是不管他再怎麼走，都只在同一條路上繞。不知不覺中，天已經黑了，夜晚到來，周圍的景色幡然改變。附近沒有隊友也沒有敵軍，連個當地人都沒有，只看到鄉村的小路無盡地往前延伸。爺爺不顧一切地走著，這時他心想該不會是被什麼給矇住了。」

「那後來，他是怎麼脫身的？」

「他說他衝出了森林。森林裡可能有蛇或野生動物什麼的，但總比在原地繼續繞圈子好，於是，他不管三七二十一地往森林走去……最後他終於得救了。」

「你該不會是想那麼做吧？」

奈央問，沒想到雅也竟然點頭說「沒錯」。

「有了！」

發現旁邊有條岔路的雅也，用力把方向盤一轉，隨後兩人便開著車在顛簸的獸徑上奔馳著。

「這樣，真的沒問題嗎？」

「沒辦法穿越結界的話，也是一死。就賭賭看吧！」

雅也緊握住方向盤，在不像是路的路上開著車。漆黑的森林裡，唯一的光源就只有車子的大燈。沿路有好幾個大轉彎，高低的落差也很大。大樹突然打橫，草木阻擋了去路，可是雅也毫不遲疑地繼續往前衝，奈央繫緊了身上的安全帶。

「我們不會從山崖掉下去吧？」奈央擔心地問，像這樣的怪談時有所聞。

「就算掉下去，還是可以活命的。」

「危險！」奈央驚叫。

前面沒有路了，變成斷崖。雅也趕緊把方向盤往旁邊切，車子突然輕盈了起來。

「怎麼回事？」

強烈的燈光往這邊照，車子的喇叭聲響起。載著兩人的車，就這麼大剌剌地停在國道中央。雅也趕緊踩動油門，車子往前跑。只差一秒，就會被對向的大卡車迎面撞上，瞬間，全身的寒毛豎起。車子是怎麼來到這邊的？附近沒有斷崖也沒有山路，感覺好像是被人給乾坤大挪移，直接擺放在國道中間似的。幸好，兩人總算逃離了結界，交通號誌上寫著「小佛隧道」。

「前面就是東京了。」奈央說道。

7

雅也把車停在便利商店的停車場。這裡已經是東京都了，天就快亮了。

「手機有訊號了。」

坐在副駕駛座的奈央說道，將手機遞了過來。天線有三格，表示訊號很強。

「要現在打給涼介嗎？」

「總不能見死不救吧。」

「可是，那個方法真的可以讓人擺脫詛咒嗎？」奈央尚有點疑問。

「不知道。不過，那是唯一的方法，而且我們已經沒有時間了。」

「又不是很確定，就要殺那隻貓。」

「你要拖拖拉拉的，看涼介死掉嗎？」

「可是……」奈央找不到話來反駁他。

「我也不想讓他那樣做。可是還活著的，就只剩我們三個人。不管用什麼方法，我都要讓我們三個活下去。」

「是啊。」奈央無力地說道。

「與其擔心貓，還不如擔心我們自己比較實在。」雅也說。如果詛咒注定要死八個人的話，那只要任由涼介死掉一切就結束了。可是如果他們幫助涼介逃過了詛咒，說不定這筆帳會算到雅也和奈央頭上。

「拜託，就讓一切到此結束吧。」奈央祈求地說道。

雅也打電話給涼介。

「雅也，怎麼樣了？」涼介馬上就接了。看來他整晚沒睡，一直在等雅也的電話。

「我一直打你手機都打不通，擔心死我了。」涼介用快要哭出來的聲音說道。

「我沒事，涼介也沒事吧？」

「我一直待在房間裡沒有出去，連廁所都沒去。」

涼介的聲音聽得很清楚，通訊品質很好。說不定，這次真的能戰勝詛咒。

「我這邊也沒閒著。」雅也說。

「發生什麼事了？」

「還好啦，等回去再跟你講。」

「奈央呢？奈央怎麼樣了？」涼介很擔心。

「奈央也很好，不用擔心。」

「是嗎？太好了。你知道破除詛咒的方法了嗎？」

「知道了。我們暑訓住的那家民宿的老闆，已經把擺脫詛咒的方法告訴我了。」

「真的嗎?!」涼介的聲音大到連奈央都聽到了。

「可是，不是什麼很好的方法。」雅也壓低聲音說道。

「隨便怎樣都行，趕緊告訴我。」

涼介的精神狀態似乎已經到達臨界點，不說是不行了。

「得找一個替身。」雅也說。

「替身？你什麼意思？」果然，涼介馬上反問道。

「殺死一個自己珍愛的東西，把他的屍體帶到游女淵的河邊放水流。」

「你是叫我去殺人嗎？」
「不是那樣的……」雅也快要說不下去。
「為了自己活命，把別人殺死？」
「不一定要是人。比方說，心愛的貓之類的。」
「咦！」突然，涼介沉默了。
「為了活命，這也是沒辦法的事……」雅也試圖說服他。
「沒有其他方法了嗎？」涼介問。
「沒有。要想活命，只能那樣做。」
又是一陣沉默，這次換雅也安靜地等著。結論終會出現，自己的命和愛貓的命，哪一個比較重要？也許有人會說，命無貴賤，都一樣重要，但要他們選的話，他們肯定會選自己的命。
「就這麼辦吧。」涼介低沉的聲音傳來。
「地點你知道吧？」雅也公事公辦地說道。就算被人說冷血也無所謂。只要涼介不死就好。
「知道，我今天就會過去。」
「你開車去嗎？」
「嗯……」涼介回答得很無力。

「要小心開車喔。」
「我會的。」
「事情結束後，打電話給我。」
「好。」
「凡事小心。」
正打算掛電話——
「雅也。」涼介叫住他。
「幹嘛？」
「謝謝。」
「要謝等一切結束後再謝。」
「也好，我會第一時間通知你。」
「嗯。」
正打算掛電話——
「還有。」涼介又叫住他。
「你和奈央要相親相愛喔。」
「喂……」
「沒事了，再見。」涼介把電話掛了。

雅也整個人往椅背靠去。

「這樣就結束了，一切都結束了。」

「還有沒結束的。」奈央說道，雅也一臉訝異地看向她。

「施咒的動機。如果兇手是玲子的話，她為什麼要對我們下詛咒？」奈央想知道真相。

「啊，那是，是因為……」雅也講話吞吞吐吐的。

「你是不是知道些什麼？」

「也不算是知道啦。……玲子她，說不定真的有怨恨我們的理由。」

這句話，讓奈央整個人傻掉了。奈央和玲子雖然稱不上是閨蜜，可好歹也是交情不錯的朋友，她是做了什麼叫她怨恨呢？

「玲子怨恨我們的理由，到底是什麼？」

「原因是玲子的妹妹。」

「你是說她那個因為不治之症死掉的妹妹嗎？」

「是的，她名叫美咲。」

幾天前，奈央去到玲子的家中，有看到她妹妹美咲的遺照，照片裡的她是個很可愛的十三歲女孩。

「玲子一直覺得她對妹妹的死有責任。」雅也說。

「我記得她妹是因為心臟病去世的，你說玲子覺得有責任是……」奈央話沒講完，因為她突然想到：「玲子把美咲殺死了。」玲子的媽是這麼說的。

「那關玲子什麼事？」

「我也覺得不關她的事，她只是運氣不好，就像我們一樣。」

美咲去世，是在奈央他們高二那年的秋天。那件事奈央還有印象，當時玲子說：

「我妹因為先天的心臟病去世了。」

「是不是有什麼是我不知道的？」奈央問。

「玲子的妹妹得的是一種一旦發作會心律不整、陷入昏迷的不治之症，如果無法阻止發作的話，嚴重的話可能會死掉。但只要吃了藥，不讓它發作，也就能像普通人一樣過著正常的生活。只是，她什麼時候會發作沒有人知道，所以絕對不能讓她一個人獨處。話說美咲去世的那天，玲子的母親有事要出去，她特地交代玲子要早點回家的。母親先在家裡等了一下，想說玲子就要回來了，於是她趕時間就先出門了。偏偏，那一天正好是……」

「網球同好會聚會的日子。玲子回去晚了，對吧？」

「趕著回家的玲子，被大家挽留了下來。雖然前後只有三十分鐘，不，也許只有十五分鐘。」

「難道……」

「就晚了那十五分鐘，便要了美咲的命。她突然發作了，卻還來不及吃藥就暈倒了。如果，玲子照正常時間回去的話，就可以拿藥給她吃，美咲就不會死了。」

「是我。是我說『幹嘛那麼早回去？我不讓你回家。』是我把玲子留了下來。」

「那件事我也有份。我明知道她妹的事，也曾聽她講說妹妹發作時一定要吃藥，可我卻認為玲子晚一點回去沒有關係，就只是十五分鐘。偏偏她就在那個時候發作了，沒有藥吃昏倒了，只能說屋漏偏逢連夜雨，事情發生得太湊巧了。真要怪的話，只能怪玲子運氣不好，不是誰的錯。沒想到她竟然……」

「是她媽。」奈央說。

「什麼？」

「玲子的媽媽。是她，她一直責備玲子。」

這是奈央的推測。雖然她不知道玲子的媽是什麼時候發瘋的，可玲子想必受到母親很大的苛責。

「玲子有動機，也有執行詛咒方法的機會。再加上，她因為意外死掉了，於是詛咒就生效了。」雅也說道。

「玲子，算我求你了，就讓一切結束吧。」奈央喃喃自語。

8

會塞車不是因為游女淵的詛咒，而是因為前面出了車禍。涼介手握方向盤，心裡焦急得很。太陽下山之前，他得趕到目的地，可是看樣子是不可能了。

喵——放在副駕駛座的籠子裡，不時傳來六藏的叫聲。

「對不起，六藏。要是不殺你的話，我就要死了。」涼介碎碎唸道。

這到底是怎樣的因果？涼介埋怨命運。雖然至今為止的人生過得不怎麼樣，今後大概也將不怎麼樣地過下去，可他才二十歲，他不想死。他還想活下去，他不想像哲平、龍太還有洋子那樣。大家都被殘忍地咒殺了，詛咒真的存在。

我不想死，說什麼我都不要被詛咒殺死。如果有人問他：就算得殺害心愛的六藏，你也想活下去嗎？他的回答是「是的」。就算被大家看不起，他也想活下去。不，沒有人會看不起他，不管是誰，都會做同樣的事。就連告訴他要如何擺脫詛咒的雅也，肯定也會這麼做的。所以，他才會打電話給他。他明知道涼介很疼愛六藏，卻還是告訴他必須把寵物殺了才能得救。

沒時間三心二意了。

跟雅也講完電話後，涼介硬把六藏塞進籠子裡，開著父親的車便出發了。擅自把車開走，老爸一定會很生氣。不過，現在已經管不了那麼許多，不能有片刻的猶豫，這可是攸關性命的事。偏偏這種時候還卡在車陣裡，怎麼會這麼倒楣啊？不可以慌張，欲速則不達，必須冷靜。只要平安抵達遊女淵，我就得救了。我就可以擺脫詛咒了。

奈央和雅也一起回到她在東京的住處。昨晚，兩人都沒睡。總不好讓雅也就這樣開車回到長岡，所以他們想說先回奈央的公寓休息會比較安全。

「哇，你還整理得挺乾淨的嘛。」雅也環顧房間後說道。

「小意思，這是一定要的。」一邊說，奈央一邊露出苦笑。幸好回長岡的前一天有先打掃。

兩人，又把暑期集訓的ＤＶＤ看了一遍，跟著涼介的白影還沒有消失，詛咒還沒有被避開嗎？

「他還沒有開始動作嗎？」雅也說。

「涼介做得來嗎？」

「他會做的。不做的話，自己就有危險了。」

「也對……」

一想到涼介的心情，奈央的胸口就像有塊大石壓著。兩人都找不到話講，只好保持沉默。為什麼會發生這種事呢？如果，有時光機的話，她要回到高二那年的秋天，她會讓玲子馬上回家。那樣的話，就沒有人會死，也沒有人會受苦了。明知這樣想一點意義也沒有，但她還是忍不住去想。

「他，不會還沒有到吧？」雅也的語氣透著焦慮。

「再等等吧。現在我們能做的，也只有等了。」

奈央這麼說，而後靜靜閉上眼睛。

天已經全黑了。涼介把車停在往遊女淵的國道旁邊。把預備的小刀塞進口袋裡，他伸手去提裝著六藏的籠子。嗚——六藏對他發出威嚇的聲音。牠從來沒有對涼介發出過這樣的聲音，大概是動物的本能，讓牠感覺到涼介的殺機了？

「六藏，對不起。」

涼介抱起籠子，把心一橫下了車，籠裡的六藏開始暴跳。

「你安分一點。」

就這樣，涼介抱著籠子，往漆黑的山路走去。

仲夏的強烈草臭味撲鼻而來，是大自然的味道。在這裡，自然主導了一切。強忍住想要拔腿逃跑的衝動，涼介朝著遊女淵走去。沒有月亮的多雲天空，讓他想起龍太死掉的那個晚上，那天也是個沉沉黑夜。

夏草長滿了獸徑的兩側，阻礙涼介的去路。即使如此，他還是咬著牙，不顧一切地往前走。因為他害怕如果停下來的話，就會被黑夜所吞噬。來到矗立著供奉塔和解說牌的空地，只要直直往前走就是遊女淵的吊橋了，可是涼介沒有走吊橋，他選擇了右邊往下的坡道。草很茂密，幾乎看不到路面，加上夜露濕重，腳很容易就踩滑。涼介把裝著六藏的籠子抱在胸前，一步一步小心翼翼地走著。六藏在籠子裡喵喵直叫，又蹦又跳。

「拜託你安靜一點啦。」

就在安撫六藏的瞬間，涼介滑了一跤。

「哇啊啊啊……」他一邊尖叫一邊從坡道上滾了下去。他的頭、肩、手、背還有腳，重重地叩到地面，一路滾到了河灘。

「痛痛痛……」

涼介搖搖晃晃地站了起來，四周看了一下，裝著六藏的籠子不見了。

「六藏……」

不管再怎麼叫都沒有回應，耳邊只聽到潺潺的河水聲，並沒有貓咪的喵嗚聲。

「會跑去哪裡了呢？」

他睜大眼睛仔細搜索，就是沒看到裝著六藏的籠子。

這下糟糕了。都特地跑來了，千萬不可以在這時候出差錯。

「六藏，你在哪裡？你出聲啊！」

涼介學著貓的聲音呼喚道。籠子應該就掉在摔下來的半路上，他回到坡道正中間，仔細察看，草木太過茂密，把籠子藏起來了。如果有月亮的話，多少會有點亮光，偏偏今天是初一。對了，他想起口袋裡的手機，手機裡有手電筒，雖然不是很亮，但聊勝於無。他把手機的手電筒打開，照向草叢，籠子就掉在坡道旁邊。

「找到了。」

涼介慢慢地靠近。幸好籠子沒有摔壞，往裡面一看，六藏癱軟地躺在裡面。

「六藏……」他出聲叫喚，但六藏動也不動。不會死掉了吧？這樣正好，不用動手就可以擺脫詛咒。提著籠子，涼介朝河灘走去。打開籠子，他摸了摸六藏，身體還是溫的。醒了的六藏手腳開始擺動，牠還活著，從坡道摔下去只是讓牠昏厥而已。喵的一聲，六藏又開始掙扎。要是讓牠逃掉的話，之前的苦心就白費了。涼介緊緊地抱著六藏，感覺性命受到威脅的六藏，猛抓涼介，拚死反抗。

「六藏，停下來！」

事到如今，只能在這裡殺牠了。正打算從口袋裡拿出小刀的涼介，當場傻眼。刀子不見了。明明他有放進口袋的，怎麼會不見了？應該是從坡道摔下來的時候掉的。

怎麼辦？再這樣下去，六藏就會逃走了。到時，自己的性命就不保了。該怎麼辦才好？要怎樣才能殺死牠呢？

發了狂的六藏不斷攻擊涼介的脖子和臉。瞬間，涼介的某條神經斷了。

「你這傢伙！」

從河灘撿起石塊的涼介，對準六藏的頭用力敲去。叩的一聲，六藏喵嗚地大叫。

「你這壞東西！壞東西！」
涼介執拗地一次又一次把石塊揮向六藏的頭，血噴到了涼介臉上，六藏的腦漿迸裂。可是涼介還是不肯罷休，就連六藏的眼珠子都已經滾到河灘上了，他還是繼續敲著。
終於涼介恢復了神志，他跪倒在地，把懷裡六藏的屍骸放了下來。
「嗯……」涼介開始嘔吐。六藏滾落河灘的眼珠子瞪著這一幕，感覺有人在看他的涼介，「別，你別這樣看我。」連滾帶爬地逃離瞪視。
手機的鈴聲在這時響起，涼介趕緊看向螢幕，是雅也打來的。涼介讓六藏的屍體留在河灘上，接了電話。

晚上九點過後，終於跟涼介聯絡上了。
「事情辦好了嗎？」雅也問。
「辦好了。……我把六藏殺了。」
涼介低沉的聲音從電話那頭傳來，一副筋疲力盡的樣子。
「我知道這很殘忍。可是，為了讓涼介能夠活下去，這是唯一的方法。」
「這樣……就結……」涼介的聲音斷斷續續的，收訊不良的樣子。他有不好的預感，每當有壞事要發生時，手機的收訊就會變差。
「涼介，有沒有發生什麼奇怪的事？」

「沒……是怎……」

「訊號好像很微弱，你沒事吧？」

「不是啦……那是……」

「是怎樣？」

「我在坡道上滑了……滾了……可能摔壞了……」

「什麼？」

「我跌倒，手機摔壞了……」

「是嗎？我知道了。回去的路上，要小心喔。」

雅也把電話掛了。

「收訊的狀況好像很差，沒事吧？」在一旁聽著的奈央也很擔心。

「好像是因為在坡道上跌倒，手機才會怪怪的，不需要擔心。」

「是喔。」

「他好像做了，把那隻貓殺了。」

奈央咬著唇，淚水已經在眼眶裡打轉。

「我們來檢查ＤＶＤ吧？要哭等檢查完後再哭也不遲。」

「對喔，還不曉得是不是真的擺脫詛咒了。」

雅也讓ＤＶＤ開始播放。

「你不用勉強自己陪我一起看，我會仔細看完的。」

「不用，我也要看。」

電視上，很快就出現了有涼介的畫面。兩人屏住呼吸，仔細觀看。圍繞在他身邊的白影，消失了。

「不見了，白影消失了。」奈央的聲音透著興奮。

「我們再往前看一點。」雅也很慎重。在那之後，都沒有出現白影。其他人頭部消失的影像還是一樣，可是恐怖的白影再也沒出現過。

「看樣子，好像真的擺脫詛咒了。」

「涼介得救了，對吧？」

「涼介、我、還有奈央都得救了。」

「太好了。」鬆了口氣的奈央軟綿綿地往雅也的身上倒去。

「我們解開了詛咒的謎，救了涼介。」

「多虧有雅也。」

「不，我一個人也沒辦法，是因為有你陪在我的身邊。謝謝你，奈央。」

雅也抱住奈央。這幾天真是有夠悲慘的，六個朋友走了，還遇到很恐怖的事。不過，像這樣抱著奈央就什麼都忘了。好香，是少女身上的體香。雅也將身體稍稍抽離，看著奈央，奈央也正看著雅也。兩人就這樣深情地互望。

「我喜歡你。」雅也說。這種時候做這樣的告白，或許是氣氛使然，但他就是想說。一直沒有說出口的感情就快要滿出來了，他一定要說出來。

「我也是，我也喜歡你。」

「我一直、一直很喜歡你。」

雅也和奈央的唇瓣相接。對她的渴望再也壓抑不住，他粗魯地脫下她的衣服。奈央的胸部坦露出來。雪白的肌膚令人眩目。

「雅也……」奈央熱情地呼喚他。

「奈央，我們要永遠在一起。」

兩人脫光了衣服，往床上倒去。拋開一切束縛的雅也緊緊地擁著奈央，奈央接受了雅也的全部。喜悅和快樂，讓他們的腦袋一片空白。

「雅也，我愛你、愛你、愛你……」奈央說。

「我也愛你。」雅也答道。

那晚，兩人共赴雲雨了好幾次。

一邊開著車，涼介一邊哈哈大笑，簡直就像個神經病。跟心情無關，他就是忍不住想笑，對向車道的駕駛看到涼介全都嚇了一跳。六藏身上噴出的血，濺得涼介頭、臉、衣服到處都是。全身是血的男子哈哈大笑，在山路上開著車，不知情的人看到了，還以為自己碰到了殺人魔或妖怪。

「得救了，我終於得救了。」涼介大聲喊道。

車子前方，突然竄出一隻黑貓。涼介緊急煞車，把車停下。

頓時四周變得好安靜。

剛剛那是什麼？好像是一隻黑貓，好像是六藏。不可能，六藏已經死了。黑貓嘛，到處都一樣，剛剛那隻只是黑色的野貓。沒錯，就是那樣。

他左右看了一下，發現路旁真有隻黑貓。深山裡面，一戶人家都沒有，所以牠肯定是野貓。

黑貓目不轉睛地看向這邊。

「是六藏嗎？」他不自覺地說出了那個名字。

喵，黑貓叫了一聲，那叫的聲音跟六藏好像。不對，貓的叫聲嘛，聽起來都一樣。

「不是的，你不是六藏。」

可是，黑貓盯盯地看著涼介。

「六藏。」

一聽到呼喚，黑貓又喵了一聲。

「不是，絕對不是。」

雖然嘴裡這麼說，涼介卻沒辦法開著車一走了之。

「可惡！」

涼介下了車，朝黑貓走去。眼看就要碰到牠了，牠卻一溜煙地跑進了森林裡。涼介站在森林前，沒有繼續追下去，因為他知道再進去就有危險了。

「不可能是六藏，那傢伙已經死了，我真是個白癡。」

就在涼介打算回到車上的時候，他聽到喀的一聲。

那是什麼聲音？

來到車子旁，他發現車門鎖住了，進不去。怎麼會這樣？我明明沒有鎖的。剛剛那一聲喀，正是車子上鎖的聲音，車門自動上鎖了。

慘了，手機留在車子裡。沒關係，只要在這裡等一下，就會有車子經過。到時我再跟人借電話，找人來救我就行了。可是，遲遲沒有車子經過。

「怎麼搞的……」他突然覺得很不安。

喵、喵、喵，不斷有貓的叫聲傳來。

「咦？」

四周看了一下，馬路上突然出現一大群貓。

「什、什麼啊。這是……」

喵——喵——貓發出凶狠的叫聲，朝涼介逼近。

「現在是怎樣啊？」

貓的數量不是一隻、兩隻。而是十隻、二十隻、三十隻……更多。
「喂，不是吧？怎麼搞的。」
超過三十隻的貓一邊低吼，一邊朝涼介步步進逼。
這些傢伙，是替六藏來報仇了。
「不是我，錯的人不是我，我不是有意的……」涼介試圖向貓解釋，可是貓哪裡聽得懂。
三十隻、四十隻……一大群的貓，朝涼介圍了過來。
「別、別過來。不，不要。救命，救救我！」
涼介拔腿狂奔，無數的貓一齊追了上去，跑不快的涼介很快就被貓追上了。
「救命呀，救命……」涼介一邊叫一邊跑。
貓繞過他的腳，更有貓跳到他的背上，撲向他的臉。全身上下都受到攻擊的涼介拚命地跑著，偏偏這個時候，運動神經不好的涼介，腳拐了一下，跌倒了。無數的貓趁機大舉進攻。轉眼間，涼介的身體便被無數的貓所覆蓋。
「哇啊啊啊……」涼介的叫聲消失在夜色中。

第5章　最後剩下兩個人

1

翻了個身，他醒了。外面天還濛濛亮，鼻子聞到的是奈央身上的體香。雅也睜開惺忪睡眼，看向隔壁。奈央裸著背背對著他，正睡著，雪白的肌膚嬌艷動人。她應該是累壞了，不打呼也不翻身地睡得香甜。她睡著的樣子好可愛，想到此，雅也的臉忍不住露出微笑。昨晚，他和奈央上床了。就這麼一晚，世界就完全不一樣了。雖然對死去的那些同學有點過意不去，但雅也覺得很幸福。兩人纏綿完後，前天幾乎沒怎麼睡覺的雅也，很快就睡著了，他從來沒有睡得這麼好過。結束了，一切都結束了，再也不用為詛咒的事擔心了。

察覺到異狀的雅也，朝自己的腳邊看去。

「咦……」

那裡，站了一個東西，仔細一看，是渾身是血的涼介。他穿著被撕成碎片的衣服，全身上下佈滿抓痕，他的眼睛一點光彩都沒有，就像是兩個黑洞。這不是活著的涼介，難道他已經死掉了……？不需多想，答案很快就出來了。涼介死掉了，然後，他來通知他那件事。

「涼介……」

雅也低語著，但涼介好像沒聽到。他不想把奈央吵起來，就讓她繼續睡吧，把她吵起來只是讓她害怕而已。

「怎麼了？」雅也出聲問道，只見涼介的頭稍微動了一下。

「詛咒，你還是沒能躲過嗎？」雅也問。

有點暗，看不太清楚涼介的表情，可涼介好像在笑。

「還是不行嗎？」

雅也問道，只見周圍的空氣緩緩流動，耳畔響起彷彿來自地獄的沙啞聲音。

「那個什麼替身的，根本是騙小孩的把戲，一點用也沒有。」

這是涼介的聲音嗎？感覺一點生氣都沒有的蒼涼聲音。

「用貓當替身，是不行的。」涼介說道，只見他輕輕舉起手指向這邊。

「下一個要死的，就是你了。」

這便是智美說的死亡宣告。

怎麼回事？就算涼介沒有逃離詛咒，可這樣也已經死八個人了，詛咒不是應該停止了嗎？難道它還不肯罷休？……怎麼想都想不通。

事情還沒結束。

為了甩開恐懼，雅也從床上跳了起來，涼介的影子已經像煙一樣消失了。

怎麼辦？下一個要死的人，會是我嗎……？

2

早上可以賴一下床，對奈央而言是再幸福不過的事。雅也睡在旁邊，這樣她就滿足了。他們兩個應該早點上床的，認識都四年多了，他們總算成為情侶，真是繞了好一大圈。不過，沒關係，就這樣一直過下去就好了。只要結局是完美的，就算中間再怎麼波折，她都可以忍受。好事多磨，一切只是為了彰顯今天的幸福。她再也不要跟雅也分開了，只可惜，幸福往往並不長久。

傍晚，透過電視新聞，奈央和雅也知道了涼介的死訊。死因不是很清楚，好像是被野生動物攻擊的樣子。當地的村民接受電視台的採訪，都說這附近從來沒有聽說野生動物會傷人的，大家都很納悶。新聞報導說，涼介的身上有無數的傷痕，好像是被貓給抓出來的。

「他終究還是沒能逃脫詛咒。」奈央落寞地說道。

「怎麼會不靈呢？……難道民宿老闆騙我們？」身旁的雅也說。

奈央無法回答。應該沒有人知道，真實的答案是什麼。而且，涼介說他把貓殺了，他真的殺了嗎？會不會他根本下不了手……？

「我們來看ＤＶＤ吧！」雅也說。

「不，我不要看。」奈央猛搖頭。她不敢看，如果，那個白影又出現的話，出現在自己身上……就算不在自己身上，出現在雅也身上，她也不要。

「那個白影不會再出現了。民宿老闆不是說了嗎？詛咒要殺死的人，會跟被殺害的遊女一樣是八個人。涼介是第八個人，所以應該到他就結束了。」

「可是，你又怎麼知道他說的，是百分之百正確的？說不定，大家都要死掉詛咒才肯罷手。」

「所以，我們才要看呀。看了，才知道詛咒是持續著，還是已經結束了。」

「如果是我的話，要怎麼辦？」奈央用小到不能再小的聲音問道。

「我們再去民宿一次，跟他問清楚擺脫詛咒的方法。」

「沒有了，已經沒有方法了。所以，我只能乖乖地等死。」

「如果你不看的話，就得一直過著提心吊膽的生活。……還是看吧？」

在雅也的勸說下，奈央下定決心，答應說：「好吧。」

將ＤＶＤ送進卡匣裡，雅也按下了播放鍵，電視上出現暑期集訓的影像。不知道即將發生的悲劇，網球同好會的成員們開心地打鬧成一片。這裡面，還活著的就只剩雅也和奈央兩人。大家的偶像玲子、同好會發起人兼玲子男友的哲平、對自己的肌肉很滿意的秋男、喜歡讀書的文藝少女真由、性子急卻總是充滿活力的龍太、長大想當美容師的智美、全校第一名的資優生美女洋子、善良的涼介……大家都死了。

奈央和雅也緊張地看著暑期集訓的片子。眾人來到遊女淵的吊橋前，玲子退到了相機後面，所以沒拍到她。在那之後，玲子把名冊和頭髮丟進了河裡面。過橋的哲平頭消失了，一個接一個，隊員的頭消失了。然後，涼介的頭也消失了。

那個白影會到哪裡去呢？

奈央的心七上八下的，她祈禱著白影千萬不要出現。隔壁，雅也目不轉睛地盯著螢幕。

晚餐兩人在奈央的房間裡解決，本來雅也提議說要去外面吃的，可是奈央說只想跟他在一起。ＤＶＤ裡，白影沒再出現。

「詛咒終於結束了。」雅也說。

兩人聊著將來的事，雖說是遠距離戀愛，但東京和長岡其實也沒多遠。

「一定會漸入佳境的。」

聽雅也這麼說，奈央點了點頭。

「奈央還是放不下想當電影導演的夢嗎？」

「嗯，那是我的第二生命。不管發生什麼事，我都不會放棄的。」

「奈央好強呀。」

「哦，我自己講可能很奇怪，可是我一點都不強，膽小得很。」

「不是那個意思。自己的第二生命，無論如何都想完成的事，我是指那方面很強。像我就……」

「對了，好像從沒聽你說過將來的夢想喔？」

「我到現在都還不知道自己要做什麼、想做什麼，就只會讀書，準備學校規定的功課。說不定，我比其他人都還要駑鈍。」

「沒有那回事。雅也頭腦好、功課棒，什麼都難不倒你……」

「其實我樣樣通，卻樣樣鬆。」

「哪會，雅也是我心目中的英雄。像這次的事，要是沒有你的話，我可能會瘋掉。說不定我會像智美一樣，走上那條路……」

「沒問題的，奈央沒問題的……」

雅也溫柔地環住奈央的肩膀。

「最後，我們再去一趟遊女淵吧？」

「咦！」奈央身體瞬間僵直。

「去祭拜一下大家。」

「祭拜，不一定要去到那裡吧……」

「可是大家都在那裡，我有這樣的感覺。」

「現在去？」

「我明天必須回到長岡，在那之前，我想最後再去一次遊女淵。你如果怕的話，可以不用跟來。」

「可是……」

奈央定定地望著雅也的眼眸。去那裡她是很害怕沒錯，可是她不想跟雅也分開，她想兩個人在一起。

「好吧。」

奈央雖然覺得很不安，卻還是決定要跟雅也前往遊女淵。因為明天，雅也就要回新潟了，奈央也必須返回神戶，他們又要相隔兩地。就算只有片刻，她都想跟雅也在一起。

3

高速公路十分順暢。彷彿死去同學的亡魂，正在召喚他們。下了交流道，車子一路往塩川村駛去，途中經過花店，他們順便買了祭拜的花束。

雅也一邊開車，一邊絮絮叨叨地說著自己高中畢業後的生活，可是奈央一句話也沒聽進去。

詛咒還沒有結束，奈央感覺得到。如果玲子是因為妹妹的死，心生怨恨而下的詛咒的話，那自己肯定逃不掉。

高中二年級的秋天，玲子說妹妹有病要早點回去，硬把她留下來的人是奈央。所以她最恨的人應該是我。

這場悲劇也是從奈央回到長岡後才開始的，簡直就像在等她回來似的。說到這個，她曾在地下鐵的車窗看到詭異的白影。雖然內容已經不記得了，但那晚她確實做了噩夢。還有，在觀看集訓的ＤＶＤ的時候，她也曾產生幻覺，看到滿身是血站在河灘上的遊女。

我一開始就被詛咒了，死亡早晚會輪到我。最後一個，我是最後一個要死的。把我留到最後，只是為了要徹底折磨我。

「怎麼了？」奈央一直不講話，雅也擔心地問道。

「沒什麼，只是有點疲倦。」

「是嗎？沒事就好……」

雅也好溫柔。玲子的詛咒名單裡，不知是否把雅也也放了進去？她表面上和哲平在交往，其實真正喜歡的人是雅也吧？所以，她才會把連對姊妹淘都沒講的事告訴雅也，如果真是那樣的話，那她只會更恨我。

我被玲子給怨恨了。

車子穿過塩川村，行駛在山路上，抵達了目的地。這樣走一趟下來，好像東京離這裡也不是那麼遠。

雅也把車停在國道旁的空地，拿著花、下了車，奈央跟了上去，兩人朝遊女淵走去。灰色的雲遮蔽了月亮，周圍有點陰暗，雅也突然都不講話了。

「雅也……」感到不安的奈央出聲喚道。

「不用擔心啦。」雅也回答。

「可是，我還是很害怕。」奈央抓著雅也的手。

「是嗎？等把花放好，我們就馬上回去。」

兩人來到懸在遊女淵上的吊橋，心情頓時緊張了起來。

「你要在這裡等嗎？」雅也問。

「我跟你一起去。」奈央答。

「是嗎？」雅也冷冷說道，快步地向前走。

怎麼回事？

奈央覺得他的態度怪怪的。雅也的樣子很不尋常。

雅也一直走到橋中央，把花放下。奈央跟著來到他的旁邊，兩人面向河，雙手合十，閉上眼睛。

瞬間，在這裡發生的悲劇在奈央的腦海裡上演。

四處逃竄的八名遊女，被武田軍的侍衛一一斬殺。她們有的無處可逃，只好從橋上跳下去。有人幸運掉在河裡，也有人是一頭撞在了河灘上。侍衛把死在橋上的遊女拎了起來，扔了下去，河灘被遊女屍體流出的鮮血給染紅了。

肩膀突然被抓住，奈央睜開了眼睛。只見雅也好像戴著面具似的，面無表情地站在她的面前。

「雅也，你怎麼了？」

「詛咒並沒有結束。」

抓著奈央肩膀的雅也，用力把她往背後的欄杆推去。

「雅也，我怕。」

「詛咒殺死了七個人。最後還剩下一個人。」

「你到底在說什麼？」

「奈央你應該也發現了吧？玲子不是被詛咒殺死的。是因為她死了，詛咒才開始的。所以，算起來只死了七個人。」

「所以，你打算殺死我嗎？」

「還要再死一個人，詛咒才會結束。」

雅也似乎打算把奈央推入橋下。

「不要！」

奈央拚死反抗，可是她根本推不動雅也，力量差太多了。奈央的上半身已經跨出了欄杆，她往橋下瞥了一眼。八名一身白衣的遊女陰魂，正目不轉睛地看著兩人在橋上的爭執。要贏過力氣小的奈央，對雅也而言根本易如反掌。

「放手！」

奈央使出最後的力氣，把雅也推了回去，沒想到雅也竟倒退了兩、三步。奈央趁機想要逃走，可是雅也的手卻反掐住她的脖子。

「算我求你，你去死吧。」

「救命……」

雅也的手指緊箍住奈央的脖子。沒辦法呼吸了，意識開始模糊，身體使不上力。我不行了，就這樣結束吧。正當她打算放棄掙扎的時候，雅也的力氣突然變小了。然後，他放開了奈央。發生什麼事了？奈央轉頭看向雅也，發現雅也抱著頭站在橋中央。

「我沒辦法，我沒辦法對奈央下手。」

「雅也……」

「我是最後一個要死的人。今早，涼介的鬼魂來告訴我了。最後一個被詛咒的人，是我。」

「所以你打算找我當替身？」奈央問。

「很差勁是吧？我不是奈央的英雄，我只是個卑鄙的懦夫。我竟然想要殺掉奈央，讓自己活下去。差勁，我是最差勁的人。」

站都站不穩的雅也，艱難地邁開腳步，卻頹然地倒在欄杆上。

「不是的。被詛咒的人不是雅也。最後要死的人，是我才對，被詛咒的人是我。」

「你在說什麼呀？」

「涼介的鬼魂是來對我下死亡宣告的。那個時候，我已經醒了。可是，我的身體動彈不得，我被鬼壓床了。我聽到隔壁雅也你的聲音，智美說她看到龍太鬼魂的時候，也是全身動彈不得。所以，最後被詛咒的人不是身體能夠活動的雅也，而是被鬼壓床的我才對。」

「亂講。根本沒那回事，你亂講。」傻傻聽著這些的雅也，無意義地反駁道。

「詛咒是逃不過的。既然如此，我寧可跟心愛的人在一起，能多久是多久。所以，當雅也說要來這裡的時候，我雖然害怕卻還是跟著來了。」

「不是那樣的。要死的人，是我。被詛咒的人，是我。」

「暑期集訓的ＤＶＤ裡，白影不是消失了嗎？」

「對啊。所以，我們兩個都沒有受到詛咒。」雅也說。

「不對。那是因為我沒有被拍進去。」

負責拍攝的人是奈央，她當然不會出現在ＤＶＤ裡。所以，白色的影子才消失了。

「被詛咒的人，是我才對。」

「為什麼？為什麼你不早點告訴我？」

「告訴你了也一樣，詛咒是逃不過的。只要我死了，一切就結束了。雅也就得救了，那樣就足夠了。」

「不行，奈央，我不要你死。……我真是個渾蛋。明明你對我這麼好，我竟然想殺死你。」

「不是的，雅也沒有要殺死我，你不是認真的。如果你是認真的，把我從這裡推下去就好了。可是你根本沒怎麼出力，你並沒有想要殺死我。」

「奈央……我們一起活下去吧？跟詛咒拚了。」

「不可能的，我們擺脫不了。」

「可是……」

「我注定要死。」

「不行，不可以那樣。奈央一定得活下去……你忘了電影導演的夢了嗎？」

奈央搖了搖頭，「事情已經無法挽回了。」

「可以的，我想到了解救的方法。」說罷，雅也突然從橋的欄杆跨了過去。

「雅也，你想幹什麼？」奈央跑了過去。

「我來當你的替身。」

「你在說什麼傻話？」

「只要我從這裡跳下去，肯定會死。然後，再順著河流下去，替身的事就成立了。」
「不要。就算你那麼做，我也不一定能得救。」
「不會，你會得救的。遊女的冤魂，會願意買我的帳的。」
「替身不會成功的，涼介不是失敗了嗎？」
「那是因為他用的是貓，用人的話就會成功了。要救奈央，只有這個方法。」
雅也看向河灘，發現有血痕，還有黑黑的、像是黑貓屍塊的東西。那是被涼介殺死的六藏的屍體。涼介殺了貓後忘了把貓的屍體放水流，所以，替身這一招才會失敗。如果有把貓的屍體放水流的話，涼介就會得救了。
「我知道涼介之所以失敗的原因了。」
瞬間，強勁的風吹來，雅也失去了平衡。
「啊！」
「雅也！」奈央大喊，想要抓住雅也的手，可已經來不及了。
「奈央……」
「不要……」奈央的叫喊響徹夜空。
雅也從橋上掉了下去。
跌落河中的雅也，順著水流被沖走了。全身虛脫的奈央，當場跪了下來。
「玲子，這樣你滿意了吧……」奈央含淚問道。當然，沒有人回答她。

橋下遊女的幽魂，不知什麼時候不見了。

無盡的黑暗徹底包圍住奈央。

隔天早上，雅也的屍體在下游被發現了。警方把這件事當作自殺處理，連調查都沒調查。然後，奈央活了下來。雅也死後，她再也沒做奇怪的夢或產生幻覺。遊女淵的詛咒，隨著雅也的死結束了。

4

八年後，奈央步上了東京國際電影節的紅地毯。她從來沒有想過，自己竟能參與這樣的盛會。雅也死後，奈央因個人的因素休了學。在那之後，她便自學研究有關電影的一切。三年前，她的作品入圍最佳劇本獎，於是她決定要自己把故事拍出來，事情進行得很順利，電影完成了。攝影她找大學的同學早瀨潤負責，拍出的影像果然在水準之上，奈央非常滿意。就連參與演出的年輕演員也都發揮了逼真的演技，整個過程讓她頗有成就感。

電影的名稱為「同葬會」。

是一部以八年前的遊女淵為題材的恐怖電影。嘔心瀝血終於完成的電影，一上映就獲得很大的好評，成為異軍突起的賣座電影，甚至有海外的片商要跟她買版權。

這次的電影節，奈央是以新銳導演的身分受邀擔任嘉賓。

在《同葬會》拍攝期間，塩川村廢村了。可是遊女淵因為電影的賣座，再度成為熱門的靈異場所。戰國時代被殺害的遊女的怨念，因為這部電影得以保留下來。「怨念不惜改變形式，也想要保存下來。」八木教授是這麼說的，也許奈央之所以活著，就是因為需要她把詛咒的故事繼續傳下去。不過，就算不是這樣，奈央也因為雅也而得救了，這不光指他做她的替身，還有另外一層含義……

「讓我們鼓掌歡迎，拍出史上最強恐怖電影的年輕女導演！」

主持人說道，頓時會場的觀眾全都用力拍起手來。小男孩捧著花束，來到奈央的面前。

「和也，謝謝你。」

這個男孩，是她和雅也的孩子。他倆結合的那晚，新生命已經孕育在奈央的肚子裡。如果詛咒非死八個人的話，第八個肯定是奈央。可是那時候，她肚子裡已經有小生命了。所以，如果奈央死掉的話，犧牲者就會變成九個人。

和也把花束遞給奈央。

「我等一下再買冰淇淋給你吃。」

奈央說道，只見和也露出純真的笑容。他跟雅也長得好像，雅也還活著，還活在這個孩子身上。奈央緊緊抱住心愛的兒子，她會跟他好好地活下去，為了救她的雅也，她也必須如此。

正在拍攝奈央的攝影師困惑地偏著頭。

「怎麼回事，這個白影……寸步不離地跟著導演呢。」

後記

親愛的讀者，感謝您購買《同葬會》一書。

去年，當角川恐怖文庫來跟我洽談接下來的出書事宜時，我的腦海裡已經有好幾個腹案。這並不是說我的靈感很多，而是我有很多想寫的東西。這麼多腹案裡，我會先完成這本書，可說是因緣巧合。因為那個時候，《同葬會》的故事已大致成形，我感覺到現階段就是要寫《同葬會》。我相信自己的直覺，也確實寫出了令自己滿意的作品。

講一個寫作辛苦的題外話。執筆期間正好碰到過年，長時間對著電腦打字，難免腰痠背痛什麼的，為了讓自己好過一點，我會去住家附近的健身房運動，並一個禮拜一次到國術館找人按摩。不過，這兩個地方過年期間都休息。特別是我跑去國術館的時候，看到門口貼的告示，才知道人家只營業到前一天。

「啊……只到昨天喔？」

比起腰痠背痛，或許精神上的打擊還比較大。沒辦法，我只好抱著痠痛繼續寫作。幸好為了避免運動量不足，平常我都有在運動，肩膀僵硬、腰痠背痛的情況並沒有惡化，也沒有妨礙到我的寫作。下次我就學聰明了，先問清楚國術館的休息時間再去。

從小我就喜歡看鬼故事和恐怖片（以前叫做鬼片）。小時候，我只要一看神怪小說就欲罷不能，每當父母催促我「趕快睡覺」，我就把燈關了，假裝睡覺，偷偷地把檯燈拿進被窩裡，就著檯燈的光繼續看。如今想起來，在伸手不見五指的房間裡，就著檯燈的微光閱讀鬼故事，怎麼不會感到害怕呢？想必是好奇心戰勝了恐懼心使然。國中的時候，我迷上了廣播劇。當時，是家家只有一台電視的年代，我是家裡的次男，電視要看哪一台輪不到我決定，不得已，我只好聽廣播過癮，不過，卻因此讓我邂逅了以神秘怪談和鬼故事為題材的廣播劇。我記得每段節目都很短，大概就五到十分鐘，不過，內容非常有趣，我到現在都還記得某些橋段。

升上高中後，我迷上了恐怖電影。那個時候還沒有錄影帶，所以如果沒在電影院上映的時候去看，恐怕就很難看得到，說不定一輩子都看不到。那時的電影比現在的電影，來得有價值多了。這讓我想起了一件事，記得有一次電影展一連放映了五部吸血鬼電影，我一個人跑去看。你大概以為我很愛吸血鬼吧？其實也還好。我是有特殊理由的，小時候，我在電視上看過一部吸血鬼電影，自此就念念不忘，一直希望能再看一次。那部電影讓還是孩童的我印象深刻，說不定就是因為它，我才對恐怖片產生了興趣。我不清楚它的片名，想說吸血鬼電影嘛，五部裡面肯定會中一部的。可惜，我算盤打錯了。後來我才知道，我一直在找的那部是羅曼・波蘭斯基（Roman Polanski）導演的《天師捉妖》。我當時真是太感動了，沒想到我一個小孩子，竟然已經懂得欣賞大導演的巨作了。

我沾沾自喜地以為：「搞不好我是個文藝少年喔。」我和電影的奇妙緣分，還有好多好多。當時，我幾乎不看國片，可是有一次人家送我票，我就去看了，看的正好是大林宣彥導演的《House》。

到現在我還是很愛恐怖片，常上電影院去看。這個習慣恐怕會持續一輩子吧？我把看恐怖片和鬼故事當作消遣，樂此不疲。可是這並不代表說我功力有多深厚什麼的。我稱不上恐怖片狂熱者，只是個愛好者。所以《同葬會》不是以深奧哲理為主題的恐怖小說，而是淺白易懂的小說。如果你問我，那你寫得出來有深奧哲理的那種嗎？我的回答是：「很抱歉，我寫不出來……」

我在寫這部小說裡的年輕人時，經常想起我教的電影專門學校的學生。我並不覺得自己年輕時的言行，會跟現在的年輕人差很多，不過，可能只有我自己這樣想，所以還是要尊重一下時下的年輕人。

「老師，你根本不了解我們。」

我很怕聽到這樣的抱怨，不過，不管他們再怎麼抱怨，只要願意看一下這本書，我都很樂意聽他們講講心事。

女主角奈央想要當電影導演的橋段便是這樣來的，小說之所以寫說她是義大利導演費德里柯・費里尼（Federico Fellini）的粉絲，是因為我本身就是費里尼的粉絲。

以上就是我的恐怖電影經歷，還有寫作《同葬會》時的小插曲。

超喜歡鬼故事和恐怖電影的我，一直希望有朝一日能出版一本以靈異為題材的恐怖小說。如今這個夢想實現了，還真是感觸良深。感謝肯給這本書一個機會的您，謝謝大家。

二〇一一年三月

藤　達利歐

國家圖書館出版品預行編目資料

同葬會 / 藤 達利歐著 ; 婁美蓮譯 . -- 初版 . --
臺北市 : 皇冠 , 2016.03
面 ; 公分 . --（皇冠叢書 ; 第 4531 種)(異
文 ; 4)
譯自 : 同葬会
ISBN 978-957-33-3215-2(平裝)

861.57 105001905

皇冠叢書第 4531 種
異文 | 4

同葬會

同葬会

作 者—藤 達利歐
譯 者—婁美蓮
發 行 人—平 雲
出版發行—皇冠文化出版有限公司
台北市敦化北路120巷50號
電話◎02-27168888
郵撥帳號◎15261516號
皇冠出版社(香港)有限公司
香港銅鑼灣道180號百樂商業中心
19字樓1903室
電話◎2529-1778 傳真◎2527-0904
總 編 輯—許婷婷
責任編輯—蔡承歡
美術設計—嚴昱琳
著作完成日期—2011年
初版一刷日期—2016年3月
初版五刷日期—2024年9月
法律顧問—王惠光律師

讀者服務傳真專線◎02-27150507
電腦編號◎554004
ISBN◎978-957-33-3215-2
Printed in Taiwan
本書定價◎新台幣260元/港幣87元